हिन्द पॉकेट बुक्स

क्या सोवे तू बावरी

ओशो द्वारा दिए गए पाँच अमृत प्रवचनों का संकलन

ओशो, जिन्हें भगवान श्री रजनीश, ओशो रजनीश, या केवल रजनीश के नाम से भी जाना जाता है, एक भारतीय विचारक, धर्मगुरु और रजनीश आंदोलन के प्रणेता-नेता थे। उनका असली नाम चंद्र मोहन जैन था, लेकिन लोगों ने उन्हें 'ओशो' बना दिया। यह शब्द लैटिन भाषा के 'ओशनिक' शब्द से लिया गया है जिसका अर्थ है, सागर में विलीन हो जाना।

अपने सपूर्ण जीवनकाल में आचार्य रजनीश को एक रहस्यदर्शी, गुरु और आध्यात्मिक शिक्षक के रूप में देखा गया। वे धार्मिक रूढ़िवादिता के बहुत कठोर आलोचक थे। 1960 के दशक में उन्होंने पूरे भारत में एक सार्वजनिक वक्ता के रूप में यात्रा की और वे समाजवाद, महात्मा गाँधी और हिंदू धार्मिक रूढ़िवाद के प्रखर आलोचक रहे। उन्होंने मानव कामुकता के प्रति ज्यादा खुले रवैये की वकालत की, जिसके कारण वे भारत तथा पश्चिमी देशों में भी आलोचना के पात्र रहे, हालाँकि बाद में उनका यह दृष्टिकोण अधिक स्वीकार्य हो गया।

क्या सोवे तू बावरी

ओशो द्वारा दिए गए पाँच अमृत प्रवचनों का संकलन

ओशो

हिन्द पॉकेट बुक्स

पेंगुइन रैंडम हाउस इम्प्रिंट

हिन्द पॉकेट बुक्स

यूएसए | कनाडा | यूके | आयरलैंड | ऑस्ट्रेलिया | सिंगापुर
न्यू ज़ीलैंड | भारत | दक्षिण अफ्रीका | चीन

हिन्द पॉकेट बुक्स, पेंगुइन रैंडम हाउस ग्रुप ऑफ़ कम्पनीज़ का हिस्सा है,
जिसका पता global.penguinrandomhouse.com पर मिलेगा

पेंगुइन रैंडम हाउस इंडिया प्रा. लि.,
चौथी मंजिल, कैपिटल टावर -1, एम जी रोड,
गुड़गांव-122002, हरियाणा, भारत

पेंगुइन
रैंडम हाउस
इंडिया

प्रथम संस्करण हिन्द पॉकेट बुक्स द्वारा 2005 में प्रकाशित
यह संस्करण हिन्द पॉकेट बुक्स में पेंगुइन रैंडम हाउस द्वारा 2022 में प्रकाशित

10 9 8 7 6 5 4 3 2

ISBN 9788121620758

मुद्रकः रेप्रो इंडिया लिमिटेड

www.penguin.co.in

MIX
Paper from responsible sources
FSC® C047271

This is a legitimate digitally printed version of the book and therefore might not have certain extra finishing on the cover.

भूमिका

सजगता का आमंत्रण

अगर कोई मुझसे पूछे कि आध्यात्मिक यात्रा कैसे शुरू करें, कहां से शुरू करें, तो मैं उस व्यक्ति को यह पुस्तक दूंगा और कहूंगा कि इस पुस्तक को पढ़ लो, समझ लो, अपने-आप शुरुआत हो जाएगी।

यह पुस्तक साधना का प्रारंभ बिंदु है और समझ में आ जाए तो यह केवल प्रारंभ-बिंदु ही नहीं, आदि ही नहीं, यात्रा का अंत भी, अंतिम बिंदु भी इसमें समाहित है। लेकिन आमतौर पर जीवन में सबसे बड़ा हादसा यह घटित होता है कि सरल-सी बातें सर्वाधिक कठिन हो जाती हैं समझने के लिए–सरल हैं, इसीलिए सरल हैं, इसलिए मन को उनमें कोई दिलचस्पी नहीं होती।

पुस्तक के शीर्षक 'क्या सोवे तू बावरी' से ही स्पष्ट है कि हम सब ऐसे जी रहे हैं जैसे सोये-सोये हों। सोये-सोये जीने से हमारा जीवन एक

सार्थकता, एक आनंद, एक मस्ती होने की बजाय, एक दुर्घटना बन गया है। यह कैसा संयोग है कि हमारा जीवन दुर्योग बन गया है! हम सोये हैं इसलिए हमें यह पता ही नहीं कि कैसी अनूठी-अपूर्व मस्ती के फूल हमारे जीवन में खिल सकते हैं। हम सोये हैं इसलिए हम बावरे होकर पगलाये-पगलाये भटक रहे हैं आनंद की संपदा की खोज के लिए—और ओशो हमें झकझोर कर, जगाकर, चौंका कर बता रहे हैं कि वह संपदा हमारे पास ही है। सिर्फ जाग कर हमें देखना है कि वह संपदा हमारे पास ही है। हम ही हैं वह संपदा। सोये हैं इसलिए वह दिखाई नहीं पड़ रही। जाग जाएं तो उसके अतिरिक्त और कुछ भी नहीं है—बस वही है।

मंजिलों के करीब होकर भी
मंजिलों की है जुस्तजू बाकी

यह कितनी सरल बात है। क्या सच में यह सरल है?

सरल है, अगर हम इस ओर ध्यान दें। असंभव है, अति कठिन है, अगर हम पूरा जीवन इस ओर ध्यान न दें। और कौन ध्यान देता है सरल बात पर? सरलता में किसको रस है? इसलिए साधकों के लिए कठिन से कठिन साधना-विधियां ईजाद की गयी हैं ताकि उनको लगे कि वे कुछ ऐसा कर रहे हैं, जो सामान्य लोगों के लिए दुष्कर है। एक तो वे पहले ही भटके थे, फिर वे साधना के इन विधि-विधानों में, कर्मकांडों में और भी भटक गए। बावरे हो गए। नींद और गहरी हो गयी। सामान्य नींद का तोड़ना सरल होता, क्योंकि वह स्वाभाविक थी; साधना के प्रयासों द्वारा मन पर निर्मित नींद की एक और परत जम गई, तो अब इसे कैसे तोड़ें?

ओशो हमें, इस पुस्तक के माध्यम से, प्रारंभ से ही सजग कर रहे हैं। सरल-स्वाभाविक सजगता के लिए, सजगता से प्राप्त आनंद-उत्सव-धन्यता के लिए आप ओशो के अनूठे जगत में आमंत्रित हैं।

– स्वामी चैतन्य कीर्ति

संपादक : ओशो टाइम्स इंटरनेशनल

अनुक्रम

मेरी मान्यता यह है भारत को विचार के लिए पूरी हिम्मत से फिक्र करनी चाहिए। एक बात ध्यान में रखकर कि निर्विचार होने की प्रक्रिया भी हमारे ध्यान में हो और विचार जारी रहे, तो हम पश्चिम की मुसीबत में नहीं पड़ेंगे–जिस मुसीबत में वे पड़ गए हैं।

अगर भारत के शिक्षा–शास्त्री और सारे विचारशील लोग मिलकर यह तय करें कि विचार को भी जन्मायें हम, और यूनिवर्सिटी की शिक्षा के साथ-साथ, निर्विचार, ध्यान की भी शिक्षा देंगे, तो इस बात की बहुत संभावना है कि पश्चिम में जो तकलीफ हो रही है, वह हमें न हो। और इस बात की भी संभावना है कि वह जो भाग्य निर्धारित होना है कि कौन, कौन–सी जाति नये मनुष्य को जन्म देगी, वह सौभाग्य हमें भी मिल सकता है। लेकिन सौभाग्य मिलेगा विचार की दीक्षा से और निर्विचार की साधना से।

– इसी पुस्तक से

पहला प्रवचन

निजता की घोषणा

प्रश्न : मेडिटेशन के लिए मन भी शांत होना चाहिए?

मन ही अगर शांत हो, तो फिर ध्यान की जरूरत ही नहीं।

प्रश्न : नहीं हो तो?

पागल है तू। यह तो ऐसा हुआ कि बीमार डाक्टर के पास जाए और डाक्टर कहे, 'स्वस्थ हो तो हमारे पास आओ!' ध्यान से मन को शांत करवा देंगे। पहले से शांत होने की जरूरत नहीं है। क्या जरूरत है शांत होने की? वह कोई शर्त नहीं है शांत होना, वह परिणाम है उसका, कंसीक्वेन्स है।

प्रश्न : मन का अशांत होना, उसका नेचर नहीं है?

नहीं, बिलकुल नहीं। मन को अशांत करने के लिए बड़ी मेहनत उठानी पड़ती है। जिंदगीभर मेहनत की तो थोड़ा-बहुत कर पाते हैं। फिर भी पूरा नहीं कर पाते हैं, नहीं तो पागल हो जाएं।

प्रश्न : इकबाल थे, जो बहुत बड़े शायर थे। उन्होंने अपने बेटे के लिए दुआ लिखी है। उन्होंने लिखा है कि खुदा तुझे किसी तूफां से आशनाई कर दे, कि तेरे बहार के मौजूं में... तो तूफान से आशनाई?

ठीक लिखा है। लेकिन तूफान से आशनाई वही कर सकता है, जो भीतर तूफान में न हो, नहीं तो आशनाई कर नहीं सकते तूफान से। आप अगर शांत हों, तो तूफान से भी प्रेम कर सकते हैं; और अगर आप ही अशांत हो गये, तो फिर तूफान से प्रेम चलाना बहुत खतरनाक है। सिर्फ शांत आदमी तूफानों से प्रेम कर सकता है। नहीं तो नहीं कर सकता। शांत आदमी बहुत तूफानों से प्रेम करता है। यानी शांत वह नहीं है, जो तूफानों से भाग जाता है। तूफानों से सिर्फ वही भागता है, जो भीतर तूफानों से भरा है, और घबड़ा गया और भाग गया।

एक तिब्बत का फकीर हुआ है, मिलारेपा। उसने एक छोटा-सा गीत लिखा है। उस गीत में एक छोटा-सा बगीचा है। और उसमें घास के बहुत छोटे-छोटे पौधे हैं, और कुछ ऐसे घास के पौधे हैं, जो दीवाल की आड़ में छिपे हैं। न कभी सूरज की रोशनी वहां आती और न कभी हवाओं के झोंके वहां आते। वहां कोई तूफान आते नहीं कभी। उनमें से एक दबे हुए पौधे ने, एक दिन प्रकृति से प्रार्थना की है कि यह मुझे पसंद नहीं है। मुझे तो गुलाब का फूल बना दे, चाहे एक दिन के लिए। तो उसके आसपास के सारे पौधों ने कहा, 'पागल हो गये हो! देखते हो, गुलाब सुबह खिलता है, सांझ मुर्झा जाता है। हम खिलते हैं, तो खिले ही रहते हैं, हम मुर्झाते ही नहीं।' वे तो घास-फूस के फूल हैं, मुर्झाने का कोई सवाल ही नहीं है। 'और देखा है, गुलाब के फूल

की क्या हालत हुई? जरा तूफान आता है, तो जमीन पर गिर जाता है। रोता है, छाती पीटता है। हम पर कभी तूफान नहीं आता। और देखा है, जब सूरज तेजी से जलता है, तो गुलाब के फूल की कैसी हालत होती है? हमें सूरज छू भी नहीं सकता, हम सदा सुरक्षित हैं।'

पर वह पौधा तो रातभर रोता रहा। प्रकृति से कहा, 'नहीं मुझे तो, चाहे एक दिन के लिए ही गुलाब का फूल बना दो।' और दूसरे दिन सुबह वह गुलाब का फूल हो गया। उसके सारे साथियों ने चिल्लाकर कहा, 'बिलकुल नासमझ हो, पागल हो!' और वे सब झांककर देखते रहे कि सुबह से मुसीबतें आनी शुरू हो गई। अब गुलाब का फूल होना है, तो मुसीबतें आयेंगी। वह गुलाब का फूल हुआ नहीं कि उस पर मुसीबतें आ गयीं सुबह से तूफान चलने लगे, आंधी चलने लगी, बादल गरजने लगे, बिजली चमकने लगी। वह गुलाब का फूल कभी जमीन छूता, कभी उठता और वे दबे हुए पौधे खूब मुस्कुराने लगे, खूब हंसने लगे। उन्होंने कहा, 'कितना समझाया, नासमझ नहीं माना। अब मरा जा रहा है।'

सांझ होते-होते जोर का तूफान आया, वर्षा आयी। वह गुलाब का फूल गिर पड़ा और पूरा पौधा गिर पड़ा, जड़ें उखड़ गयीं। उसके फूल नीचे पड़े हैं। और वह पौधा मरा हुआ पड़ा है। आखिरी सांसें गिन रहा था। अगल-बगल के पौधों ने झांककर कहा कि 'देखा क्या हालत हो गयी!' उसने कहा, 'मरते वक्त मैं तुमसे यही कहने के लिए नीचे झुक आया हूं कि अपनी सारी जिंदगी बेकार है। यह एक दिन बहुत आनंद मिला–एक दिन बहुत आनंद मिला। जब तूफानों में हम उठे,' उसने कहा, 'तो हम तूफानों को जीत भी गए। तूफान ने हमें गिराया, लेकिन

हम उठे भी तूफान में। और जब बादल गरजने लगे, और बिजली चमकने लगी, तब भी हम थे, उसमें उठे हुए थे। और आज हम जमीन पर भी गिर पड़े तो क्या, बड़ा काम कर लिया! इतना तूफान चला इतने बादल गरजे, तब कहीं छोटे से गुलाब के पौधे को गिरा पाये!'

तो यह जो आप कहते हैं न, आशनाई तो हो सकती है, मुहब्बत तो हो सकती है तूफान से लेकिन उसके लिए भीतर बड़ा शानदार कुछ है। मैं तूफान के खिलाफ नहीं हूं। उससे तो मुहब्बत होना ही चाहिए, नहीं तो आदमी-आदमी ही नहीं है।

होना ही चाहिए, होना ही चाहिए। लेकिन हमारी तकलीफ यही है–बाहर तूफान हों, यह तो कुछ कठिनाई नहीं है। लेकिन वह जिसको आप कुछ कह रहे हैं, वह जो हमारे भीतर एक सेंटर होना चाहिए, वह तूफान नहीं है। जैसे बैलगाड़ी का चाक चल रहा है। सारा चाक चलता है, लेकिन एक कील ठहरी हुई है। और वह कील ठहरी है, इसलिए चाक चलता है और उस ठहरी हुई कील पर ही चलता है। यानी सारा चलना उस ठहरे हुए के ऊपर हो रहा है। बिलकुल कंट्राडिक्ट्री हैं न दोनों बातें। लेकिन अगर वह कील भी चल जाए, तो मामला मुश्किल हो जाए। हम चली हुई कील हैं! बाहर तो तूफान ठीक है; चलना ही चाहिए। अगर हम भी चल जाएं, तो फिर सब मुश्किल हो जाए।

प्रश्न : वहे जो गर्दिश है–जो चक्कर है, जो ह्वील है–तो गर्दिश से फिर ठहरी हुई कील पर आना?

नहीं, नहीं यह भी सवाल नहीं है। यह सवाल नहीं है कि आप गर्दिश से ठहरी हुई कील पर आ जाएं। इतना ही सवाल हो कि गर्दिश

में, ठहरी हुई कील का आपको बोध हो जाए, पता चल जाए। बात खत्म हो गई। फिर गर्दिश नहीं है। तो जब हम अशांत हैं और परेशान हैं, तब भी हमारे भीतर कोई चीज़ शांत है ही। यह सवाल नहीं है कि आपको उसे शांत करना है, यह सवाल ही नहीं है।

प्रश्न : वही चीज बताती है कि आप अशांत हैं।

हां, उसी से खबर मिल रही है। उसका आपको पूरा पता नहीं चल रहा है कि वह क्या है? जहां से खबर मिल रही है, उसकी तरफ लौट जाने को ही मैं ध्यान कहता हूं। यानी ध्यान आपके भीतर कुछ शांति नहीं कर देगा, सिर्फ जो शांति का केंद्र है, उसको वह आपकी अवेयरनेस के कांटेक्ट में ला देगा। और एक दफा आपको पता चल जाए कि भीतर शांति है, और कितने ही तूफान आते हैं, तो भी वह है...। बल्कि सब तूफान उसी के ऊपर घूमते हैं, नहीं तो घूम भी नहीं सकते। फिर बात खत्म हो गयी, फिर तूफान का कोई भय न रहा। फिर कोई भागना न रहा। फिर ठीक तूफान के बीच भी, तूफान के बाहर हो सकते हैं।

एक जर्मन विचारक था हैरिगेल। वह जापान गया तीन साल के लिए। झेन फकीर के पास ध्यान सीखने गया। बहुत कोशिश की, लेकिन सीख नहीं पाया। और बहुत से फकीरों से मिला। फिर ऊब गया और सोचा कि लौट जाऊं। तो जिस दिन वह लौटने को था, उस दिन उसने जिस होटल में ठहरा था, उसके मैनेजर से कहा, 'मैं उदास लौटता हूं। तीन साल मेहनत की है। और यह सोचकर आया था कि पूरब में मुझे मिल जाएगी वह बात। लेकिन वह है नहीं। मुझे वह आदमी न मिला जो कि शांत हो।' तो उस होटल के मैनेजर ने कहा, 'आज

और रुक जाएं। एक आदमी की मुझे खबर है, उससे बिना मिले मत जाएं, अन्यथा पूरब के संबंध में कुछ कहना मत, क्योंकि तुम जिनसे मिले हो, पूरब के लोग ही न थे। सिर्फ पूरब में पैदा हुए हैं। वे सब पश्चिम के लोग हैं। तुम उन्हीं से मिल रहे हो। तो मैं तुम्हें ले चलता हूं एक आदमी के पास।' तो उसने कहा, 'मेरा तो अब बिलकुल ही मन न रहा। मैं बहुत ऊब गया हूं। न मालूम किन-किन के पास गया!' उसने कहा, 'फिक्र मत करो, उसको ही यहां बुला लेते हैं।'

उसने उसको सांझ बुला लिया है। और दस-पच्चीस मित्रों को भी बुलाया हुआ है। पांच-सात मंजिल उसकी होटल के ऊपरी हिस्से पर बैठकर खाना खा रहे हैं वे, गपशप कर रहे हैं। वह हैरिगेल उस फकीर के पास बैठा हुआ है, एक बोकोजू नाम का फकीर था, उसके पास बैठा था। बात चल रही है और अचानक तूफान आ गया है और भूकंप आ गया है। और सारे मकान कंपने लगे हैं, तो सारे लोग भागे। हैरिगेल भी भागा। भागते वक्त उसको खयाल आया कि वह फकीर भी भाग गया है कहीं? उसने पीछे लौटकर देखा। वह तो आंख बंद करके अपनी कुर्सी पर बैठा हुआ है! सिर्फ आंख बंद किए हुए। तो हैरिगेल को ऐसा लगा, अचानक उसको लगा कि इतने खतरे में–सात मंजिल का मकान है, लकड़ी का मकान है, कभी भी बैठ जाए, और यह आदमी आंख बंद किए बैठा है! तो हैरिगेल ने लिखा है कि मेरा मन हुआ कि रुक जाऊं, जो इसके साथ होगा, वह मेरे साथ होगा। वह रुककर उसके पास बैठ गया है, लेकिन हाथ-पैर उसके कांप रहे हैं। कुछ सैकेंड में भूकंप तो चला गया। बोकोजू ने आंख खोली और जहां से बात टूट गई थी भूकंप

के आने से, वहीं से बात शुरू कर दी, जैसे कि भूकंप हुआ ही न था! उस फकीर ने वहीं से बात शुरू कर दी। हैरिगेल ने कहा, 'मुझे याद भी नहीं है कि क्या बात चल रही है। तो उस बाबत में अब नहीं पूछना है। अब मुझे यह पूछना है कि इस भूकंप का क्या हुआ! आप भागे नहीं?'

उस फकीर ने बहुत अद्‌भुत बात कही। उसने कहा, 'भागा तो मैं भी। लेकिन तुम बाहर की तरफ भागे, मैं भीतर की तरफ। और तुम्हारे भागने को मैं गलत कहता हूं। तुम जहां भाग रहे थे और जहां से भाग रहे थे, वहां दोनों जगह भूकंप था। तुम जहां से भाग रहे थे और जहां भाग रहे हो, वहां भी भूकंप उतना ही था, जितना यहां था, और भागने का कोई मतलब ही न था। मैं उस जगह भागा, जहां भूकंप हो ही नहीं सकता है। मैं वहीं भाग गया था। भूकंप हट गया, मैं वापस आ गया।'

तो ध्यान से मेरा मतलब यह नहीं है कि आप शांत हो जाएं, लेकिन हमारे भीतर उस जगह को खोज लेना है, जो शांत है ही।

प्रश्न : अक्ल मानती है, लेकिन फिर भी पूरी जो देह है, पूरा जो शरीर है, पूरा जो सब-कुछ है, वह नहीं मानता। टोटल, टोटेलिटि नहीं मान रही है!

असल में उल्टी ही बात कह रहे हैं! अक्ल इनकार करती है, बाकी टोटेलिटी तो पूरा मान रही है। क्योंकि बाकी तो इनकार करने का उपाय नहीं है किसी को। शरीर तो इनकार करता ही नहीं। इनकार सिर्फ अक्ल

करती है। और सब उपद्रव अक्ल का है। और आप बता रहे हैं, अक्ल कोई उपद्रव नहीं है बाकी उपद्रव है! बाकी उपद्रव नहीं है। आप जो कह रहे हैं, अक्ल मानती है...न, अक्ल भर नहीं मानती। अक्ल भर नहीं मानती है। वह कह भी सकती है कि मानते हैं। उसके मानने में भी कहीं न मानना सदा मौजूद रहता है। और बाकी तो सब मानता है। एक दफा अक्ल भर गड़बड़ न करे, तो बाकी तो सब मानता है।

आपका शरीर तो ठीक वहीं जी रहा है, जहां जीना चाहिए। और आपके बावजूद जीना पड़ रहा है उसे... आपसे उल्टा होकर भी जीना पड़ रहा है। आपकी अक्ल तो कुछ और ही बातें सुझाए चली जा रही है, बाकी आपका शरीर तो इनकार करता है। आपकी अक्ल कहती है, उपवास कर लो। शरीर तो भूखा है, तो वह भूख की खबर दिए जा रहा है। वह कह रहा है, भूख लगी है। आपकी अक्ल कहती है कि उपवास कर लो, धर्म का दिन आ गया, स्वर्ग जाना है, और यह करना है, पुण्य कमाना है, उपवास कर लो।

आपकी अक्ल उपवास करा रही है। आपका पेट तो भूख की खबर दिये जा रहा है। वह नहीं मान रहा है आपकी अक्ल की बात, आपके शास्त्र को। वह तो कह रहा है भूख लगी है। वह चौबीस घंटे चिल्लाता रहेगा कि भूख लगी है। लेकिन अब और क्या कर सकता है? चिल्लाता रहेगा। वह तो फिर भी, आपके बावजूद भी खबर दे रहा है कि भूख लगी हुई है।

शरीर तो आज भी ठीक वहां है, जहां होना चाहिए। सिर्फ हमारी अक्ल वहां नहीं है, जहां होना चाहिए। और उसके कुछ कारण हैं।

वह स्वाभाविक भी है कुछ। क्योंकि हमारे प्राणों पर बाहर की दुनिया इतनी आकर्षक है–है भी, गलत भी नहीं है वहां चले जाना–और हमारा मन वहां चला गया है। हम तो नहीं चले गए हैं, हम जा भी नहीं सकते। आप यहां सो जाएं आज रात। लेकिन सपने में आप कलकत्ते में हो सकते हैं। और सपने में आप यह भी परेशान हो सकते हैं कि कल सुबह तो बंबई में काम करना है, अब मैं कैसे लौटूंगा! बड़ी मुश्किल में पड़ गया, मैं कलकत्ते आ गया और सुबह बंबई काम है मैं कैसे लौटूंगा? आप पूछ भी सकते हैं कि कोई गुरु रास्ता बता दे, मैथड बता दे कि मैं घर कैसे वापस जाऊं। लेकिन जैसे ही सुबह आपकी आंख खुलती है, आप पाते हैं कि अजीब पागलपन है। मैं कलकत्ता कभी गया नहीं था। लेकिन फिर भी, मन से आप जा सकते हैं। मन जा सकता है। और करीब-करीब मन ऐसे ही चला गया है। बहुत से डे-ड्रीम्स में चला गया है, और ध्यान का मतलब यह नहीं है कि उसे कहीं लाना है, इतना ही है कि वह जो डे-ड्रीन्स में चला गया है वह थोड़ा-सा जागकर देख लेगा। जहां चला गया है, वहां गया नहीं है, अभी भी नहीं गया है, वह वहीं है, जहां हो सकता है।

पीछे एक फकीर नसरुद्दीन बहुत अद्‌भुत आदमी हुआ। दुनिया में बहुत थोड़े-से लोग इतने अद्‌भुत हुए हैं। उसका कोई मुकाबला ही नहीं है। वह अपने गांव के बाहर बैठा हुआ है। बहुत प्यारा आदमी है। वह अपने गांव के बाहर बैठा हुआ है। एक घोड़ा रुका है आकर और एक अमीर उतरा है उस घोड़े से। वह उसके पास। और लाखों रुपये की थैली उसने नसरुद्दीन के सामने पटक दी है और उसने कहा कि 'मेरे पास सब

है। वह थैली देखते हो, उसमें लाखों रुपये के हीरे-जवाहरात भरे हैं। सब मेरे पास हैं, शांति नहीं है मेरे पास, और मैं जगह-जगह खोज रहा हूं। एक-एक फकीर के द्वार खटखटा लिया हूं। सब कुछ देने को तैयार हूं। सुख नहीं मिला है मुझे, मुझे सुख चाहिए। दे सकते हो सुख? किसी ने मुझे कहा, नसरुद्दीन के पास जाओ, तो मैं तुम्हारे पास आया हूं।

नसरुद्दीन ने उसे नीचे से ऊपर तक देखा, एक क्षण चुप रहा, और थैली लेकर भाग खड़ा हुआ। वह आदमी एकदम चौंका। उसने कहा, 'अरे, तुम यह क्या कर रहे हो? मैंने सुना था, तुम आत्मज्ञानी हो!' लेकिन वह तो रुका नहीं, वह तो जा ही चुका है। घोड़े को छोड़कर अमीर उसके पीछे भागा और चिल्लाया कि 'हाय मैं लुट गया!' रात अंधेरा हुआ जा रहा है और गांव अनजान है। और वह चिल्ला रहा है कि 'चोर है यह, बेईमान है यह। फकीर नहीं है यह, साधू नहीं है यह।' और सारे गांव के लोगों को इकट्ठा कर रहा है और भाग रहा है। लेकिन नसरुद्दीन का गांव परिचित है, वह चक्कर दिये जा रहा है। सारा गांव–भीड़ लग गई। गांव भी भाग रहा है और वह आदमी भी चिल्ला रहा है, 'मैं तो लुट गया।' छाती पीट रहा है कि मैं बिलकुल मर गया। मेरा सब कुछ उसमें चला गया। मैं सब-कुछ उसमें लाया हुआ था, जो भी है मेरे पास।'

फिर भागकर नसरुद्दीन उस झाड़ के पास आ गया थैली को वहीं पटक दिया, झाड़ के पीछे खड़ा हो गया। थोड़ी देर बाद भागता हुआ अमीर छाती पीटता हुआ, चिल्लाता हुआ आया। थैली देखकर उसने कहा, 'हे भगवान धन्यवाद! इतना आनंदित मैं कभी न था।' थैली को

छाती से लगा लिया। नसरुद्दीन ने बाहर झांककर कहा, 'यह भी एक रास्ता है आनंद को पाने का!'

आदमी की चेतना को बाहर जाना अनिवार्य है, ताकि वह भीतर लौटकर आनंद का अनुभव कर सके। वह अनिवार्य है, उसकी प्रक्रिया। मेरी दृष्टि में हमारा बाहर जाना उतना ही अनिवार्य है, जितना अंदर जाना। यह कोई बुरा नहीं है मेरे हिसाब से। हमारी मैच्योरिटी अनिवार्य कदम है जहां से हम प्रौढ़ होते हैं। तो नसरुद्दीन ने कहा, 'अब बोल, कुछ सुख मिला? फर्क क्या पड़ा? तुम वहीं के वहीं हो। जो तेरे पास थैली थी, वह तेरे पास है। जिस झाड़ के नीचे हम सब बैठे थे, हम वहीं हैं। हम सब वहीं के वहीं हैं। कुछ हुआ नहीं है लेकिन तुम सुखी हो।' उसने कहा, 'निश्चित सुखी हूं।' उसने कहा, 'अपने घर जाओ। जब फिर तुझे जरूरत हो, तब फिर आ जाना। तुम फिर लौटकर आ सकते हो कभी।'

प्रश्न : बाबा मुक्तानंद के पास एक लड़का है, जो एक कंपनी में काम करता है, लेकिन उसकी कुंडलिनी जागी हुई, वह बड़ा चालाक लड़का है। वह बड़ा भक्त है। वह लड़का फिर पहुंच गया आपके पास। मैंने उससे पूछा, 'कैसा रहा?' उसने कहा, 'बड़ा आनंद आया। लेकिन वह जो बाबा का रास्ता है, बाबा मुक्तानंद जी का, वह अंदर जाता है। और आपका रास्ता बाहर जाता है!'

नहीं, मेरा रास्ता न कभी बाहर जाता है, न अंदर जाता है, क्योंकि जो रास्ता भी बाहर भीतर का फासला करता है, वह आदमी को दो

हिस्सों में तोड़ देता है। असल में अंदर और बाहर से बड़ा कोई भ्रम नहीं है। अस्तित्व इतना एक है, इतना एक है कि जो श्वास आपके भीतर गई है, वह नहीं है दूसरी, जो बाहर आयी है उससे। और जब बाहर जा रही है, तो वह कोई दूसरी नहीं है, जो भीतर आई उससे।

और यह सब बाहर और भीतर जाना एक ही चीज की लहरें हैं। इसको बाहर और भीतर हम दुश्मनी की तरह तोड़ देते हैं, तो हम बहुत उपद्रव खड़ा कर देते हैं। मेरा मानना ऐसा है कि बाहर जाना हमारे भीतर जाने का अनिवार्य अनुभव है, जिससे गुजरना ही होगा। और जितनी तीव्रता से गुजर सकें, उतना अच्छा है, इसलिए मैं मीडियाकर को बहुत खतरे में देखता हूं। जो बाहर भी ठीक से नहीं जा पाता, वह बाहर भी डरता है जाने में, वह कोई भीतर भी जानेवाला नहीं है।

अभी एक सज्जन दोपहर में मेरे पास आये। उन्होंने कहा कि 'आपकी बात सुनकर मुझे बड़ा खतरा लगता है। मेरा लड़का बिगड़ न जाए। एक दिन ले आया गलती से और वह कहता है रोज आने के लिए। मैं उसे मना भी नहीं कर सकता, क्योंकि मुझे भी आना है। मैं उससे कह भी नहीं सकता कि तुम मत जाओ और कहीं ऐसा न हो कि बहुत बड़ी बुराई में पड़ जाए!' तो मैंने कहा, 'तुम सिर्फ एक ही बात की फिक्र रखो कि वह किसी बड़ी चीज में पड़ जाए, चाहे बुराई ही सही। छोटी चीज में न पड़े, चाहे भलाई की क्यों न हो।'

छोटे में पड़ा हुआ आदमी कभी भी कहीं नहीं जा पाता। छोटी भलाई करनेवाला कहीं भी नहीं जा पाता। छोटी बुराई करनेवाला भी कहीं भी

नहीं जा पाता। एक दफा बड़ी बुराई भी कोई कर ले, तो लौटने का वक्त भी आ जाता है। तो हम बुराई में भी पूरे नहीं जा पाते, तो लौटना कैसे हो? इधर मेरा मानना है कि किसी भी हालत में हमें वह चरम छूना ही पड़ेगा, जहां से लौटना होता है। चरम को छुए बिना लौटना होता है। और हम नहीं लौट पाते हैं, इसीलिए कि चरम छुआ नहीं है। और कोई गुरु रास्ते में मिल जाता है, वह कहता है : लौट आओ, तो हम लौट भी आते हैं। और मन हमारा वहीं जाता रहता है, जहां अभी जाना है। तब एक कशमकश पैदा हो जाती है, और तब एक उपद्रव पैदा हो जाता है।

तो मेरा मानना है, हर आदमी जहां जा रहा है, उसे पूरी तरह चले ही जाना चाहिए। यह लौट आएगा। जो पूरा जाएगा, वह लौट सकता है। लौटना जो है, वह पूरा जाने का ही अगला कदम है, कहीं भी पूरा जाने को। लेकिन हम इतने भयभीत लोग हैं कि बुराई में पूरे नहीं जा सकते। हम भलाई में भी कभी पूरे जानेवाले नहीं हैं। हम मीडियाकर ही रहेंगे। छोटा बुरा भी करते रहेंगे, छोटा भला भी करते रहेंगे। इधर थोड़ा पाप भी करेंगे, इधर थोड़ा पुण्य का बैलेंस भी कर लेंगे। कहीं हम बहुत गहरे नहीं जा पाएंगे। और जरूरत यह है कि चेतना पूरे छोर तक चली जाए किसी भी चीज में। मुक्ति का इसके सिवाय और कोई अर्थ नहीं होता। आप जिस चीज में पूरे चले जाते हैं, उसी से मुक्त हो जाते हैं।

प्रश्न : बुराई क्या है?

हां, मैं सिर्फ इतना डिफाइन करता हूं, जिसमें आपको दिखायी तो पड़ता है कि सुख आया, लेकिन अंततः प्रतीत होने लगता है कि नहीं

आया। बस, बुराई का इतना मतलब है। इतना ही मतलब है, जिसमें आपको कभी प्रतीत तो होता है कि सुख आयेगा, लेकिन जब मिल जाती है चीज, आप पहुंच जाते हैं, तो अचानक आप पाते हैं–नहीं कुछ सुख आया, बल्कि दुख आ गया! खरीदने गए थे सुख और खरीद लाये हैं दुख। जिस घटना में भी ऐसा लगता है, उसको मैं बुराई कहता हूं और मेरा कोई मतलब नहीं है। और भलाई मैं उसको कहता हूं, जिसमें चाहे जाते वक्त ऐसा ही लगा हो कि कुछ नहीं मिलेगा, लेकिन जब मिला है तो कुछ मिल गया। जैसे यह शशि कहती है न, वह कहती कि 'हमें कुछ भरोसा ही नहीं है। तो अंदर क्यों आयें? 'मैं कहता हूं, फिर आओ, क्योंकि हो सकता है आने पर पता लग जाए कि कुछ मिल गया।

प्रश्न : खलील जिब्रान ने कहा है कि बुरी चीज़ है, जो आदमी छिपकर करता है।

नहीं, मैं इसके लिए राजी नहीं हूं। मैं इसके लिए राजी नहीं होऊंगा। क्योंकि कई बार पुण्य भी छिपकर करना पड़ता है। और सच तो यह है कि जो पुण्य खुलकर करता है, वह बेईमान है। पुण्य भी छिपकर करना पड़ता है। इसलिए जिब्रान से मैं राजी न होऊंगा कि गुनाह है वह, जो छिपकर करता है। नहीं। लेकिन अगर अच्छी बात भी छिपकर करनी पड़े... और करनी पड़ती है, क्योंकि आज भी दुनिया और समाज इतना अच्छा नहीं है कि अच्छी बात भी खुलकर कर सकें।

गुनाह वह नहीं है, जो छिपकर करना पड़े, ऐसा मानें, तो अच्छी बात वह है, जो खुलकर करनी पड़ती है और खुलकर की जाती है।

तब तो अभिनय अच्छी बात हो जाएगी, वह खुलकर की जाती है, और असली बात तो निरंतर छिपकर चल रही है।

ऐसी कुछ बातें हैं, जो छिपकर ही की जा सकती हैं। और उनका सारा रस और सारा अर्थ छिपकर करने में है। इसलिए पुण्य और पाप को छिपकर और खुलने से नहीं जोड़ा जा सकता है। मैं तो उसी को गुनाह कहूंगा, उसी को पाप कहूंगा, उसी को बुराई कहूंगा; जिसे आप सोचते थे कि आनंद पाने को किया, लेकिन पाया नहीं। पाप वह है, जो आनंद का धोखा देता है, लेकिन भीतर दुख को लाता है।

असल में जिब्रान जैसे लोगों के साथ क्या कठिनाई है कि जिब्रान जैसे लोग सिर्फ कवि हैं, जो शब्दों के फूल तो गूंथ लेते हैं, लेकिन जिंदगी के बहुत गहरे अनुभव जिनके पास नहीं हैं। तो अगर आप उनके शब्दों के फूल देखेंगे, तो वे बड़े सुंदर मालूम पड़ेंगे। लेकिन जिब्रान मिल जाए, तो आप जरा मुश्किल में पड़ जायेंगे। जिंदगी का बहुत गहरा अनुभव नहीं है।

इधर मैं निरंतर सोचता हूं कि जैसे प्रेम है–आप खुलकर करें, तो गुनाह हो जाएगा, क्योंकि उसकी एक गहराई है और एक इंटिमेसि है जो कि खुलने में एकदम बेहूदी और भोंडी हो जाती है। वह बात 'चीप' हो जाती है। वह हो नहीं सकती है कभी इतनी गहरी। तो प्रेम कभी खुलकर नहीं किया जा सकता है, लेकिन अगर उनके हिसाब से तौलें, तो प्रेम गुनाह हो जाएगा।

मैं जो कह रहा हूं, वह यह कह रहा हूं कि ऐसा बहुत बार कहा गया है कि जो हमें छिपकर करना पड़ता है, वह गुनाह है। क्योंकि ऐसा

समझा गया है कि जो हमें छिपकर करना पड़ता है, वह हम समझ रहे हैं कि यह गलत है और कर रहे हैं। नहीं, ऐसा जरूरी नहीं है। बल्कि, जिंदगी में जो भी महत्वपूर्ण है, वह सब छिपकर ही होता है।

प्रश्न : तो कई चीजें हम छिपकर करें, दूसरे को दुख दें तो वह गुनाह नहीं है? कई बातें छिपकर करें, और दूसरे को दुख हो?

तुम छिपकर करोगी, तो कैसे दुख हो! उसमें कुछ बताकर करो, तो हो पाए कुछ। यानी उसको छिपाने न छिपाने से कोई संबंध नहीं है। गुनाह का कोई संबंध नहीं है छिपाने से। उसका इतना ही खयाल लेने की बात है कि कुछ चीजें हैं, जो हमें ऊपर से धोखा देती रहती हैं कि सुख लाएंगी, लेकिन पीछे से दुख निकल आता है।

बहुत बार मैं हैरान होता हूं कि अगर हम एक आदमी की गर्दन पकड़कर उसे ठीक से पूछें कि तुमने कभी सुख अनुभव किया है, तो शायद वह भी एक दफा सोच में पड़ जाएगा, कि अनुभव किया है कि नहीं किया है।

'चल बसे हैं, तो मेरे आने से लौटने का कोई सवाल नहीं है। मैं सुबह आऊंगा। अब मेरी नींद क्यों खराब करती हो? सो जाओ चुपचाप।' उसने कहा, 'कैसे मैं सो सकती हूं। उनकी लाश रखी हुई है।' मैंने कहा, 'अब तो उनकी लाश सदा के लिए लाश हो गई। अब तुझे सोना ही पड़ेगा। वह लाश अब रखी रहेगी। कहीं होगी, होगी इससे क्या फर्क पड़ता है।' उसने कहा, 'नहीं। तो फिर मैं वहां आना चाहती हूं। एक मिनट टिक नहीं सकती।' वह गाड़ी लेकर मेरे पास चली आयी।

वह इतनी घबड़ायी हुई थी—मरने से घबड़ायी हुई थी, वह तो ठीक ही था। लेकिन उसे अकेली जगह में, उसे पहाड़ी पर, लाश के साथ रात नहीं बिता सकी। और इसको कितनी बार कहा होगा, इस आदमी को, कि तुम्हीं सब कुछ हो!

यह जो हमने सारी व्यवस्था की है, वह आदमी के मन का भय है। बहुत से भय हैं, बहुत-सी परेशानियां हैं। उन सबको ध्यान से रखकर व्यवस्था की है। उस आदमी को हम सारे झंझट से...। हम आते हैं उसके घर...। सारी दुनिया में इंतजाम था कि कोई मर जाए, तो उसके घर में सारे लोग जाएं। रोएं और रुलाएं! और रुलाने का कारण था; अगर वह ठीक से रो ले दस-पंद्रह दिन, तो ऊब जाएगा, रोने से ऊब जाएगा। और पंद्रह दिन से वह झूठा रो रहा है और सोलहवें दिन वह चाहेगा कि लोग न आयें। उसका रोना निकाल दिया उन्होंने आकर घर।

वह जो इंतजाम है, वह इंतजाम यह है कि अगर कोई न आए और कोई न रुलाए, तो यह रोना जिंदगीभर चल सकता है। इसका विस्तार हो रहा है। वह इंटेन्स करने की जरूरत है। उसके घर रोज सुबह से सांझ लोग आयेंगे। इसको रुलायेंगे। बातें करेंगे। उनको भी सुख मिलेगा, इसको सुविधा बनेगी। इसके लिए व्यवस्था है कि उसके लिए राहत हो जाएगी। यह निकल जाएगा। पंद्रह दिन बाद इसका मन होने लगेगा कि अब कोई न आये, अब रोना बहुत हो चुका! अब यह ऊब गई है, बाहर हो गई है।

हमने जिंदा रहने के लिए बहुत इंतजाम किए हैं, बहुत अच्छी व्यवस्थाओं से ढांका है। वह मैं नहीं कह रहा था। जो मैं कह रहा था,

यह कह रहा था कि मरी हुई चीज के साथ हमें रहने में सुविधा पड़ती है, क्योंकि मरी हुई चीज से किसी अनजानी चीज के घटने की कोई संभावना नहीं है। मरी हुई चीज स्ट्रेन्जर नहीं है। हम पांच मिनट में एक कुर्सी से परिचित हो जाते हैं। पंद्रह मिनट में एक कार से परिचित हो जाते हैं। घंटे दो घंटे में एक मकान से परिचित हो जाते हैं, लेकिन एक आदमी से हम जन्म-जन्म भी साथ रहें, तो परिचित नहीं हो पाते हैं। अनप्रीडिक्टेबल हमेशा मौजूद रहता है, इसलिए अनप्रीडिक्टेबल को रोकने के लिए हम इंतजाम करते हैं।

अब एक लड़की मेरे पास आए और कहे कि मुझे आपसे प्रेम है, मैं आपके साथ रहना चाहती हूं। तो मैं कहूं, कि तू रह। तो कहे कि 'विवाह कर लें!' विवाह का मतलब है : अनप्रीडिक्टेबल को खत्म कर दें, प्रीडिक्टेबल हो जाएं। हम उसको मारने की कोशिश करेंगे, कि उसको इतना मार लें कि वह करीब-करीब जिंदा न रह जाये, भयभीत करनेवाला न रह जाए, तो फिर हम उसके साथ रह सकते हैं।

और इसलिए जितनी प्रतिभाशाली व्यक्ति होगी, उसके साथ रहना उतना मुश्किल हो जाएगा। उसका कारण यह है कि वह मरने को राजी न होगा। वह जिंदा रहने के लिए रेसिस्ट करेगा। वह कहेगा कि मैं जिंदा रहूंगा। इसलिए दुनिया में आज तक प्रतिभाशाली आदमियों के साथ वह निरंतर कठिन सिद्ध हुआ है। क्योंकि जिंदा आदमी हों, तो आप मार नहीं सकते। वह कठिन बात है।

यह जो मैं मरे हुए के साथ कह रहा था, वह लाश के लिए नहीं कह रहा था। इसलिए देखें खयाल करें, आदमी कुत्तों के साथ जितना

प्रेम के साथ रह लेगा, उतना आदमियों के साथ नहीं रह सकता, क्योंकि कुत्ते को बहुत जल्दी प्रीडिक्टेबल बनाया जा सकता है। एक महीने, दो महीने की ट्रेनिंग में कुत्ता प्रीडिक्टेबल हो जाता है। यानी उससे फिर अनजान की कोई अपेक्षा नहीं रहती।

इसलिए जहां-जहां मनुष्य और मनुष्य के संबंध में तनाव आ रहा है, वहां मनुष्य और जानवर के संबंध में बढ़ती हो रही है। सच में यूरोप में और अमरीका में कुत्ता निकट आता जा रहा है, आदमी से ज्यादा! ज्यादा मैनेजिएबल है। झंझट नहीं रहती। उसको कहो, 'चुप', तो वह चुप हो जाता है। कहो, 'पूंछ हिलाओ', तो पूंछ हिलाता है। वह बिलकुल प्रीडिक्टेबल है। उसको कहो, 'बाहर' तो वह बाहर हो जाता है। आदमी के साथ ऐसा नहीं करते–हालांकि करना हम आदमी के साथ भी यही चाहते हैं। आदमी के साथ भी यही चाहते हैं। स्त्री के साथ आदमी करना चाहता है, स्त्री आदमी के साथ करना चाहती है। मित्र मित्र के साथ करना चाहता है। गुरु शिष्य के साथ करना चाहता है। शिष्य भी गुरु के साथ यही करना चाहता है। प्रीडिक्टेबल कि ऐसा करो इस वक्त। यह ठीक नहीं है। ऐसा होना चाहिए। वह हम सब कर रहे हैं।

हम मारने की कोशिश कर रहे हैं। और मजा यह है कि साथ सिर्फ जिंदा का हो सकता है, मरे का साथ नहीं हो सकता गहरा कंट्राडिक्शन है, वह यह है कि मारकर हम साथ रहेंगे। और साथ में मजा सिर्फ जिंदा के हो सकता है और मरने के साथ मजा नहीं हो सकता। एक कंट्राडिक्ट्री आकांक्षा है हमारी कि जीयें ऐसे कि मरे रहो, लेकिन जीयो पूरे! अब यह तो बड़ा मुश्किल मामला है।

अब एक आदमी को मुझे प्रेम करना है, तो मुझे मान ही लेना चाहिए कि हो सकता है, कल यह न हो। कल यह प्रेम न रहे, यह मानने का मन नहीं होता है। तो मैं कहता हूं, आदमी का पूरा इंतजाम कर लो कि कल भी यह रहे। लेकिन उसमें वह आदमी चला जाता है, वह आदमी नहीं बचता। तब मैं दुखी हो जाता हूं कि प्रेम नहीं हो पा रहा है। सारी मनुष्य जाति ऐसी कठिनाई में है।

प्रश्न : इंडिविजुअल... !

लफ्फाजी बहुत है—एकदम लफ्फाजी है। लेकिन आदमी लफ्फाजी का बड़ा शौकीन है और बड़े-बड़े शब्द बनाने में बड़ा सुविधापूर्ण है, और बहुत कुशल है। उसकी सारी कुशलता शब्द गढ़ने की कुशलता है। यानी हिंदुस्तान में इतना बड़ा सिस्टम मेकर ही पैदा नहीं हुआ शंकर के बाद। उधर शब्दों के सिवाय कुछ भी न मिलेगा और सिर्फ शब्द और बड़े शब्द। हम बड़े शब्दों से ही प्रभावित होते हैं। तो ट्रांसेंडेंटल मेडिटेशन है, हां वह निपट नाम-जप है। लेकिन नाम-जप कहिए, तो मामला खत्म हो गया। निपट नाम-जप है, कि बैठकर राम-राम, राम-राम जपिये, जो कि करोड़ों साल से हम जानते हैं। और नाम-जप कहिए, तो बात खत्म हो गई और ट्रांसेडेंटल मेडिटेशन कहिए, तो बात बहुत बढ़िया हो गई। बात ही कुछ और हो गई। कुछ मामला बहुत गहरा हो गया। सिर्फ लफ्फाजी है। और अरविंद की लफ्फाजी बहुत गहरी है।

असल में, अगर कोई एक्सपीरिएंस, कोई अनुभव शब्दों में प्रगट न होता हो, तो आप बहुत छोटे शब्द खोजेंगे, क्योंकि बड़े शब्दों में वह और भी प्रगट न हो पाएगा। जब भी कोई अनुभव गहरा होगा

तो आपको और भी सरल शब्द खोजने पड़ेंगे। अगर अनुभव न हो, तो आप बड़े शब्दों में अनुभव की कमी छिपाएंगे। बड़े शब्द सदा अनुभव की कमी को छिपाते हैं। और भाषा सदा प्रगट ही नहीं करती। अक्सर तो भाषा छिपती है और छिपाने के काम में लायी जाती है। पंडित उसको काम में ला रहा है हजारों साल से। अरविंद का थोड़ा बहुत काम है, लेकिन बहुत गहरा नहीं है। अरविंद, बहुत और ही तरह का टाइप है उनका।

प्रश्न : वह कहा है न–किससे बना हुआ काबा, कहां करूं सिजदे, जमीं को कोई...।'

बनाइए ही मत। कहीं काबा बनाया और कहीं सिजदा किया कि आप गये! करने का कोई सवाल ही नहीं है। आप जहां हैं, वहीं काबा और वहीं सिजदा है और जो आप कर रहे हैं, सिजदा है।

बहुत बार मौके आते हैं जिंदगी में, जब हमें ऐसा लगता है कि कहीं झुक जाएं, कहीं डूब जाएं, कहीं शरण ले लें। लेकिन वह हमेशा धोखे का सिद्ध होगा। और एक दोराहा चूक जायेगा फिर। और दोराहा कीमती जगह है, जहां से कुछ ट्रांसफार्मेशन होता है हमेशा। उसको आप इस तरह भटककर खराब कर देंगे।

न! न अरविंद में खोजें, न रमण में खोजें। जिंदगी में खोजना पड़ेगा।

और मैं मानता हूं कि अरविंद को वह नहीं मिला, क्योंकि उन्होंने जिंदगी में नहीं खोजा, शब्दों और शास्त्रों में खोजा। अरविंद एक स्कालर, एक बड़े पंडित थे। साधारण नहीं, असाधारण पंडित थे। बस,

लेकिन पंडित थे। वह बात नहीं है, जो जानने से आती है। वह बात है, जो बहुत जाने हुए को जानने से आती है। दोनों में फर्क है।

एक तो डायरेक्ट ट्रांसफार्मेशन कि मैंने प्रेम किया और जाना। और एक है कि मैंने प्रेम के संबंध में सारे शास्त्र पढ़े और प्रेम को जाना। और हो सकता है कि जिसने प्रेम के संबंध में सब शास्त्र पढ़े, वह प्रेम करनेवाले को हरा दे–जहां तक बातचीत का सवाल है, जहां तक शब्दों का सवाल है क्योंकि उसकी कुशलता और है। वह सारे सूत्र जानता है, वह सारे शास्त्र जानता है। और इतना समझा है प्रेम के संबंध में। जिसने प्रेम किया है, हो सकता है गुमसुम रह जाए। जिसने प्रेम किया है, उसे आप पकड़कर ले आएं और कहें कि बोलो प्रेम पर, तो कहे, बोलूं क्या? कर सकता हूं। मैं करके बता सकता हूं, बाकी और क्या करूं! प्रेम–और क्या किया जा सकता है?

एक बाउल फकीर था; रवींद्रनाथ ने बड़ी श्रद्धा से स्मरण किया है इस बाउल फकीर का, जिससे वे मिले थे। फकीर हैं बाउल, गांव में, बंगाल में। और बड़े मजे के फकीर हैं। अपना तंबूरा लेकर गांव-गांव नाचते रहते हैं। नाच देखने, तंबूरा सुनने कुछ लोग आ जाते हैं। कुछ उन्हें कहना होता है, तो कहते हैं। लेकिन प्रेम की बात कहते हैं, कितना ही करो। वैष्णव फिलासफी भी कहती है, प्रेम ही प्रार्थना है।

एक वैष्णव पंडित उस बाउल के पास गया जो नाच रहा था और प्रेम का एक गीत गा रहा था। उसने कहा 'रुको। दिन-रात प्रेम की बकवास करते हो। तुम्हें मालूम है, प्रेम के कितने प्रकार होते हैं?' गांव की भीड़ इकट्ठी हो गई। और सब देखने लगे कि यह तो बाउल हार

गया। बेचारा। और बाउल चुपचाप खड़ा रह गया, उसने तो तंबूरा बजाना ही बंद कर दिया। उसने कहा, 'प्रेम और प्रकार! सुना ही नहीं आज तक। जाने ही नहीं आज तक कि प्रेम के और प्रकार हैं। प्रेम ही जाना, प्रकार नहीं जाना।' तो उसने कहा, 'सुनो, हमारी किताब में लिखा है... ।' तो उसने किताब निकाल ली है और ग्रंथ में पांच प्रकार लिखे हैं प्रेम के, वह पढ़कर सुना दिया। और उस बाउल से पूछा कि 'कैसा लगा?'

तो वह बाउल फिर तंबूरा लेकर नाचने लगा है और उसने गीत गाया और गीत में उसने कहा कि "ऐसा लगा जैसे एक बार एक माली को लगा था। कौन से माली को? एक माली, जिसके बगीचे में बहुत अच्छे फूल खिले थे और एक सराफ से, एक सोने के दुकानदार से उसकी दोस्ती थी। उसने कहा, 'कभी आओ फूल बहुत खिले हैं।' तो वह सुनार आया और साथ में सोना कसने की कसौटी ले आया। और फूलों को कसकर देखने लगा और फेंकने लगा एक-एक फूल को। और कहने लगा, 'सब बेकार हैं। कसौटी पर एक भी नहीं उतरे।' तो जैसा उस माली को लगा था, वैसे ही तेरे प्रेम की व्याख्या पढ़कर हमको लगा। उसने कहा, जैसा उस माली को लगा था, वह फूल जो फिंकने लगे सोने की कसौटी पर कसे जाकर, गलत होकर व्यर्थ होकर, झूठे होकर, ऐसा ही हमको लगा तुम्हारे शास्त्र को सुनकर।"

एक तो प्रेम का अनुभव है सीधा और एक प्रेम के संबंध में कही गयी बातों का संग्रह है। और अक्सर डर यह है कि जिसका प्रेम का

अनुभव सीधा है, उसकी बात आपकी समझ में नहीं आती है। और उसकी बात समझ में आती है आपको, जिसको कि अनुभव न हो। लेकिन प्रेम के संबंध में जो भी है, लिखा हुआ, पढ़ा हुआ, वह जानता है। उसको प्रगट करने का उपाय जानता है।

अरविंद के पास वह बात नहीं है। उनकी प्रतिभा भटक गयी शब्द-जाल में और इसका कोई बहुत मूल्य नहीं है। उससे तो रमण कीमती हैं। एकदम कीमती हैं—बहुत। लेकिन आप जानें, वह क्या कहते हैं, क्या नहीं कहते हैं। लेकिन खोजने सदा जिंदगी में जाएं, व्यक्तियों के पास न जाएं। हां, जिंदगी में व्यक्ति भी मिलते हैं, तो दूसरी बात है; बाकी हम नहीं जाते व्यक्तियों के पास। जिंदगी में तो व्यक्ति मिलेंगे ही—अरविंद भी मिल सकते हैं किसी रास्ते पर और रमण भी मिल सकते हैं, लेकिन अरुणाचल न जाएं, पांडिचेरी न जाएं।

जिंदगी के रास्ते पर सब मिल जाते हैं। क्योंकि जब आप पांडिचेरी जायें और अरुणाचल जायें; किसी के पास जाते हैं, तब सारी जिंदगी की आप निंदा कर जाते हैं कि यहां नहीं है, इसलिए वहां जा रहे हैं। रवींद्रनाथ का एक गीत है। उन्होंने बुद्ध के खिलाफ यशोधरा से कहलवाया। जब बुद्ध वापस लौटे हैं बारह वर्षों के बाद, ज्ञानी होकर, तो यशोधरा उनसे कहती है कि मैं तुमसे एक ही बात जानना चाहती हूं कि जो तुम्हें मिला, क्या वह यहां नहीं था? इतना ही भर मुझे कह दो कि जो तुम्हें वहां मिला, वह यहां नहीं था? और बुद्ध नहीं कह पाये कि जो वहां मिला, वह यहां नहीं था। यह यशोधरा कहती है, फिर क्यों हट कर गए, उसके लिए जो यहीं था।

नहीं, किसी व्यक्ति के पास नहीं कुछ मिलेगा। मिलता है हमारी ओपननेस से कि हम कितने खुले हैं। हर दोराहे पर ओपननेस का मौका आता है, लेकिन जल्दी ही हम फिर क्लोज कर लेते हैं। और क्लोज करने के लिए हम जल्दी खोजते हैं। चौराहा जब जिंदगी में आता है, फिर निर्णय लेने पड़ते हैं कि अब क्या करें, क्योंकि कल के सब निर्णय गलत हो गये, कल के सब कनक्लूजन खो गये। कल की यात्रा एकदम टूट गयी, आगे कोई मंजिल नहीं है। अब हम फिर से कोशिश करते हैं कि जल्दी से फिर सब व्यवस्थित हो जाये, कोई किताब मिल जाये, कोई मंत्र मिल जाये, फिर पकड़ जाए। अराजकता में जाना नहीं चाहते।

और मेरी अपनी समझ यह है कि जो अराजकता में जीयेगा, वही परमात्मा तक पहुंच सकता है—अराजकता में! अगर दोराहा आ गया तो ठीक है। लेकिन दोराहे क्यों कह रहे हैं आप? अभी दोराहे आ जाएं, तो उसमें यह चुन लें, कि यह चुन लें, कि यह चुन लें। नहीं, सच तो यह है कि जिंदगी के हर महत्वपूर्ण क्षण पर राहें खो जाती हैं, दोराहे नहीं आते। एकदम से पाथलेस हो जाता है। कोई रास्ता नहीं रहता। जिंदगी के सभी महत्वपूर्ण मूवमेंट्स में वक्त आता है। जब कोई रास्ता ही नहीं रह जाता है। पुराना रास्ता गिर जाता है, नया कोई रास्ता नहीं होता। कहीं जाने को नहीं दिखाई पड़ता। हम कहते हैं इसको दोराहा, चौराहा। इसको कहना नहीं चाहिये। चार राहें भी नहीं होतीं। असल में सब राहें ही गिर गई होती हैं, कोई राह ही नहीं होती है।

और अराजकता में हम जीना नहीं चाहते, इसलिए हम जल्दी पूछते हैं, कहां है रास्ता; कहां है गुरु? फिर वह रास्ता मिल जाये, हम फिर व्यवस्थित हो जायें, फिर चल पड़ें। लेकिन क्या हर्ज है? बिना राह के क्यों न जीयें? और जिंदगी बिलकुल बिना राह के है। क्या हर्ज है, बिना मंजिल के क्यों न जीयें?

इधर मैं निरंतर इस पर सोचता हूं कि जो आदमी भी मंजिल बनाकर जीता है, वह जीता ही नहीं, क्योंकि उसका असली जीवन तो मंजिल में होता है, जो अभी है नहीं। सिर्फ वही आदमी जीता है, जिसकी कोई मंजिल ही नहीं है; जो अभी जीता है–जो अभी जीता है। कहीं पहुंचना है। जिसको, वह जी न पायेगा; वह भागता रहेगा। जिसको कहीं पहुंचना ही नहीं है, वह क्या करेगा, कहां जायेगा? वह जहां रहेगा, वहीं जीयेगा। और जीने के सिवा कोई उपाय नहीं है उसके पास।

तो मैं तो नहीं कहता कि उद्देश्य बनायें, लक्ष्य बनायें, कि मंजिल बनायें, ये सब गैर-आध्यात्मिक बातें हैं–मंजिल, लक्ष्य, उद्देश्य। इनका कोई मतलब नहीं है। इसे जीयें, जैसा है। और रोज ही तो हम वहां खड़े हैं, जहां कोई डिसीजन नहीं है, तो इन-डिसीजन में जीयें। डिसीजन लें क्यों, निर्णय क्यों करें? और अरविंद ने क्या किया है आपका, उनके पीछे क्यों जायें? उनका क्या कसूर है?

दूसरा प्रवचन

युवा-क्रांति की रूप-रेखा

काकू भाई का सुझाव और धीरू भाई का सुझाव दोनों उपयोगी हैं। एक दफे इकट्ठे हों। एक नियत समय पर, घंटे-डेढ़ घंटे के लिए इकट्ठे हों। और जैसा कि एक मित्र ने कहा कि 'मित्रता कैसे बढ़े?' मित्रता बढ़ती है, साथ में कोई भी काम करने से। मित्रता बढ़ने का और कोई रास्ता नहीं है। काकू भाई ने जो कहा, उस तरह तौर-तरीके बढ़ सकते हैं, मित्रता नहीं बढ़ेगी। मित्रता बढ़ती है, कोई भी काम में जब हम साथ होते हैं। अगर हम खेल में साथ खेलें, तो मित्रता बढ़ जायेगी, तब मित्रता नहीं रुक सकती। अगर हम साथ कवायद करें, तो मित्रता बन जायेगी। अगर हम साथ गड्ढा भी खोदें, तो भी मित्रता बन जायेगी। अगर हम साथ खाना भी खायें, तो भी मित्रता बन आयेगी। हम कोई काम साथ करें, तो मित्रता बननी शुरू होती है। हम विचार भी करें साथ बैठकर, तो भी मित्रता बननी शुरू होती है। और

वे ठीक कहते हैं कि मित्रता बनानी चाहिये। लेकिन वह फिर परिचय होता है, फिर मित्रता गहरी होती है, जब हम साथ खड़े होते हैं, साथ काम करते हैं। अगर कोई ऐसा काम हमें करना पड़े, जिसे हम अकेला कर ही नहीं सकते, जिसको साथ ही किया जा सकता है, तो मित्रता गहरी होनी शुरू होती है।

यह ठीक है कि कुछ खेलने का उपाय हो, कुछ चर्चा करने का उपाय हो। बैठकर हम सोचें, बात कर सकें, खेल सकें। और यह भी उचित है कि कभी हम पिकनिक का आयोजन करें। कभी कोई बाहर आयोजन के लिए भी इकट्ठे बैठ जायें। मित्रता तो तभी बढ़ती है, जब हम एक-दूसरे के साथ किन्हीं कामों में काफी देर तक संलग्न रहते हैं।

और एक जगह मिलना बहुत उपयोगी होता है। घंटेभर के लिए उपयोगी होता है। यहां मेरी दृष्टि है, जैसा मैंने उदाहरण दिया कुछ और संगठनों का। उन संगठनों की रूपरेखा का उपयोग किया जा सकता है। उनकी आत्मा से मेरी कोई स्वीकृति नहीं है, उनकी धारणा और दृष्टि से मेरी कोई स्वीकृति नहीं है। पूरा विरोध है, क्योंकि वे सारी संस्थाएं, जो अब तक चलती रही हैं, एक अर्थ में क्रांति-विरोधी संस्थाएं हैं। लेकिन उनकी रूपरेखा का पूरा उपयोग किया जा सकता है; साथ में जोड़ देने का है।

वह काकू भाई समझते हैं कि साथ में अगर कवायद की जाए, तो उसके बड़े गहरे परिणाम होते हैं। जब हमारे शरीर एक साथ, एक रिदम में कुछ काम करते हैं, तो हमारे मन भी थोड़ी देर में एक रिदम

में आना शुरू हो जाते हैं। साथ में जोड़ देने का जो है, वह यह है कि अकेली कवायद को मैं पसंद नहीं करता हूं, क्योंकि वह शारीरिक से ज्यादा नहीं है। और न खेल को अकेला पसंद करता हूं, क्योंकि वह शारीरिक है। साथ में जो मैं पसंद करूंगा, उसके लिए शीघ्र ही अपने कुछ उपाय करेंगे। उसके लिए मेरे साथ कुछ पचास-सौ लोग एक जगह बैठकर दो-चार दिन उस प्रयोग को पूरा समझ लेंगे।

कवायद भी चले और साथ में ध्यान भी चले। खेल भी चले और साथ में ध्यान भी चले। मेडिटेशन इन एक्शन कहता हूं उसको मैं। बूढ़े आदमी जब भी मेडिटेशन करेंगे, तो इनएक्शन की होगी वह। वह एक कोने में बैठकर कर सकते हैं। एक युवक को, एक युवती को हम कहें, एक छोटे बच्चे को हम कहें कि एक कोने में घंटेभर शांत बैठे रहो, तो उसके लिए बहुत घबड़ानेवाला है। और इसीलिए दुनिया में युवक-युवतियां, छोटे बच्चे ध्यान नहीं कर पाए आज तक, क्योंकि ध्यान की जो शर्त है, वह बूढ़े आदमी के लिए तो बिलकुल ठीक है, लेकिन छोटे बच्चों के लिए बिलकुल ठीक नहीं है। हमें कुछ ऐसी व्यवस्था करनी पड़ेगी कि जब बच्चा खेल रहा है, तब हमें उसे कहना पड़ेगा कि खेलते वक्त वह ध्यानपूर्वक खेले। या जब वह कवायद कर रहा हो, तो बाहर तो कवायद करे, और भीतर मन में बिलकुल शांत हो, कहां हो, किस जगह हो, वह उसका ध्यान रखे। दोहरे काम हों, बाहर शरीर कवायद करे और भीतर चित्त ध्यान करे। एक सक्रिय ध्यान की व्यवस्था उस संगठन के साथ जोड़नी जरूरी है।

और वह जो रूपरेखा–जिस तरह सारी दुनिया में युवकों के संगठन चलते हैं, वह समझकर उस तरह के संगठन बनाने की कोशिश करेंगे। अंततः तो यह जरूरी होगा कि रोज उस संगठन के लोग मिलें–वह उनके शारीरिक स्वास्थ्य के लिए–जैसा कि काकूभाई ने कहा, क्योंकि मानसिक स्वास्थ्य के सारे आधार शारीरिक स्वास्थ्य से ही रखे जाते हैं।

और यह भी ध्यान रहे कि बीमार आदमी भी क्रांति चाह सकता है, लेकिन बीमार आदमी की क्रांति हमेशा डिस्ट्रक्टिव होगी; वह कभी भी सृजनात्मक नहीं होगी। बीमार आदमी का मन होता है, तोड़ दें चीजों को, मिटा दें चीजों को। लेकिन मिटा देना काफी नहीं है। कुछ बनाने के लिए मिटाने का सवाल है। और इसलिए स्वस्थ आदमी जब क्रांति चाहता है, तो बड़ी और तरह की क्रांति होती है। वह चीजों को तोड़ने में उत्सुक नहीं है–तोड़ सकता है, लेकिन उत्सुकता हमेशा 'बनाने' की है वह कुछ बनाना चाहता है।

सिमोन वेल एक बहुत क्रांतिकारी महिला थी फ्रांस में। उसने लिखा कि तीस साल की उम्र तक मेरे सिर में हमेशा दर्द बना रहा। और तीस साल की उम्र तक मैं नास्तिक थी, क्रांतिकारी थी और बहुत अतार्किक, बड़ी अराजक थी; और मुझे कभी यह खयाल नहीं आया कि मेरे स्वास्थ्य की वजह से यह सारी गड़बड़ हो रही है! और जब मेरा स्वास्थ्य बिलकुल ठीक हो गया, तो मुझमें एक रूपांतरण हुआ। मेरे सारे विचार विलीन हो गये जो कल तक थे और नये विचार आने शुरू हो गये।

बीमार मस्तिष्क एक तरह के विचारों को आकर्षित करता है, स्वस्थ मस्तिष्क दूसरी तरह के विचारों को आकर्षित करता है। तो बहुत जरूरी है कि संगठन जो है, वह स्वास्थ्य की दिशा में कुछ करे। ध्यान है, कवायद है, और भी सब खोजा जा सकता है। वह सब स्वास्थ्य की दिशा में हो। योगासन के कुछ प्रयोग किए जा सकते हैं और उस तरह की क्लासेस चलाई जा सकती है, जहां कि वे जो हमारे साथ संबंधित होते हैं...।

हमारे युवक संगठन में जो आदमी वर्षभर रह जाये, उसके स्वास्थ्य में आमूल परिवर्तन आ जाना चाहिए, उसके चित्त में परिवर्तन आ जाना चाहिए। उसका चित्त शांत हो जाना चाहिए। शरीर शक्तिशाली हो जाना चाहिए। तो वह जो घंटेभर हो आया है, उसे मालूम पड़ेगा कि उसने तेईस घंटे गंवाये, वह घंटाभर वर्षभर के बाद उसके पास बच रहा है। सिर्फ आएगा-जाएगा, इतने से कोई रुकनेवाला नहीं है। उसको आने से लगे कि कुछ मिलता है और जो नहीं आ रहा है, वह कुछ खो रहा है।

तो एक तो स्वास्थ्य की चिंता बहुत जरूरी है कि हमारे इस संगठन में आनेवाला प्रत्येक व्यक्ति स्वास्थ्य की एक नई अनुभूति लेने लगे।

साथ ही जरूरी है कि हम, जो वे लोग वहां इकट्ठे होते हैं, वे इस तरह की बातों पर बहुत चिंता न करें कि आत्मा है या नहीं है, परमात्मा है या नहीं है! इन पर कभी सोचें। लेकिन जैसा काकू भाई

ने कहा, खाने के संबंध में, व्यायाम के संबंध में, स्वास्थ्य में, ध्यान के संबंध में जिनका हम उपयोग कर सकें, उन पर ज्यादा सोचें। उन पर विचार करें और उन पर प्रयोग भी करें। तो प्रयोग परिणाम लाने शुरू कर देंगे। कैसे हम उठें, कैसे बैठें, कैसे खायें, क्या खायें, क्या कपड़े पहनें? ये सब चिंतनीय हैं, ये सब विचारणीय हैं। यह सब अव्यवस्थित चल रहा है अभी। और जिन्हें पूरी जिंदगी बनानी है, उन्हें पूरी जिंदगी के बाबत सोचना पड़ेगा।

मैं सोचता हूं कि आपका थोड़ा संगठन बढ़े और चार-पांच सौ युवक आपके पास इकट्ठे हो जायें, तो एक कैंप सिर्फ युवकों और युवतियों का मैं लेना चाहता हूं, ताकि मैं चार दिनों में उनके पूरे जीवन की पृष्ठभूमि के बाबत बात कर सकूं। फिर उस दिशा में वे आगे काम कर सकें।

यह भी उचित है कि छोटे-मोटे कुछ प्रयोग जैसे हों...। सारी बातें महत्वपूर्ण हैं। यह बात बहुत जरूरी है...। हमेशा मैं कहता हूं इस बात को कि हिंदुस्तान में आनेवाले बीस वर्षों में हमें एक जाति में विवाह की व्यवस्था सख्ती से बंद कर देनी चाहिए। अगर हिंदुस्तान से कभी भी जातियों को दुर्भाग्य नष्ट करना है और हिंदुस्तान में कोढ़ की तरह जो धर्मों की दीवालें पकड़े हुए हैं, उसको नष्ट करना है...। समझाने से यह नहीं होगा। हम कितना ही समझ जायें कि हिंदू मुसलमान एक हैं, इससे कभी कुछ एक नहीं होगा। हमें एक करने के लिए एक दूसरे के घर की दीवालें तोड़कर प्रविष्ट हो जाना होगा, और विवाह के

अतिरिक्त एक दूसरे के घर में और कुछ प्रवेश अभी हिंदुस्तान में तो संभव नहीं है।

तो यह बिलकुल जरूरी है कि युवक जो हमारे पास आये, उसको हम यह धारणा दें कि कम से कम जिंदगी में वह यह प्रयोग करेगा और अपनी जाति में शादी करने को राजी नहीं होगा। वह कोशिश करेगा कि हम इतर जाति में शादी करेंगे।

सच बात तो यह है कि हिंदुस्तान की पूरी नस्ल बर्बाद हो गई है; हिंदुस्तान का पूरा देश बर्बाद हो गया है– एक ही जाति में शादी करने के कारण। न केवल अधार्मिक है वह बात, अमानवीय है, गैर-साइंटिफिक भी है। जितनी दूर की जाति में शादी हो, उतने अच्छे बच्चे पैदा होने की संभावना है–क्रास ब्रीडिंग जितनी बढ़ जाये...। लेकिन हम जानवरों के संबंध में ज्यादा वैज्ञानिक हैं, आदमियों के संबंध में वैज्ञानिक नहीं हैं। जाकर अंग्रेज बैल खरीद लायेंगे और हिंदुस्तानी गाय से शादी करवा देंगे। लेकिन आदमी के मामले में हम इतने वैज्ञानिक नहीं हैं हम जानते हैं कि अंग्रेज सांड और हिंदुस्तानी गाय का जो बच्चा पैदा होता है, उसकी होड़ न अंग्रेज बैल का बच्चा कर सकता है, न हिंदुस्तानी बैल का बच्चा कर सकता है। जितनी दो दूर की धाराएं आकर मिलती हैं, उतना ही सबल व्यक्तित्व पैदा होता है।

तो अंततः आज नहीं कल...! आज तो हमें यह सोचना चाहिए कि हम अंतर्जातीय विवाह करें। धीरे-धीरे हमें फिक्र करनी पड़ेगी,

आनेवाले दिनों में कि अंतर्देशीय विवाह शुरू होना चाहिए, आज नहीं कल, बीस साल के बाद सारे मुल्क को यह फिक्र करनी चाहिए कि अंतर्देशीय विवाह हो। हम जितनी लड़कियां हिंदुस्तान से बाहर की ला सकें, जितनी लड़कियां हिंदुस्तान के बाहर भेज सकें, जितने लड़के ला सकें, लड़कों को बाहर भेज सकें—यह लेन-देन जितनी तेजी से हो जाए, उतना इस दुनिया को अच्छी दुनिया बनाने में सहयोग मिलेगा।

तो इस पर हमें सोचना चाहिए और थोड़ी हिम्मत जुटानी चाहिए। और जो बच्चे हिम्मत जुटा सकते हैं, उनको हवा खड़ी करनी चाहिए और इस तरफ प्रयोग करना चाहिए। यह तो व्यक्तिगत प्रयोग की बात है कि एक-एक बच्चे को खयाल में आना चाहिए कि हम जाति के बाहर अपने संबंध जोड़ने की फिक्र करें। यह बिलकुल उचित है।

और दूसरी बात जो मैं कहता रहा हूं और वह भी बहुत उचित है कि नामों के संबंध में थोड़ा हम जिद्द छोड़ दें। मेरे एक मित्र हैं बिहार में। उन्होंने अपने बच्चे का नाम कृष्ण करीम रखा हुआ है। उनकी समझ पड़ा कि बहुत अच्छा है, एकदम प्यारा है। कितना प्यारा नाम है! उसमें करीम कितना सुंदर है! इसकी फिक्र करनी चाहिए कि घर में अगर चार बच्चे हैं, नए बच्चे अगर आएं घर में, तब तो बहुत ही फिक्र करनी चाहिए कि नाम कुछ ऐसा रखो कि उसका नाम अंतर्राष्ट्रीय हो। तो उसको पहचानना मुश्किल हो जाए कि किस जाति का है, किस धर्म का है। अगर किसी को नाम बताएं, तो वह आदमी नाम से कुछ न पहचान सके। अगर हम बीस साल फिक्र कर लें, तो हिंदुस्तान में हिंदू, मुसलमान और

ईसाई को पहचानना मुश्किल हो जाएगा। यह आपकी बात है कि आप भीतर से चाहे चर्च जाते हों, चाहे मंदिर जाते हों, चाहे मस्जिद–इसमें हमें कोई दिक्कत नहीं है।

लेकिन नाम, एक तख्ती की तरह बताना नहीं चाहिए कि आदमी कौन है। आदमी पर्याप्त है, इससे ज्यादा नाम कुछ नहीं होना चाहिए। यह बात बहुत अच्छी है। जो हिम्मत कर सकते हैं, उनको नाम बदलने चाहिए। नहीं बदल सकते, तो घरों में नये बच्चे आते हैं, उनको नये नाम देने की कोशिश करनी चाहिए। और एक हवा बीस साल में पैदा करनी चाहिए। आज नहीं कल जो तुम्हारे युवक हैं, वे कल बाप बन जायेंगे, मां बन जाएंगी। उस वक्त उनको अगर यह याद रह गया और मां-बाप बनकर उन्होंने बच्चों के नाम बदल लिए, तो भी बड़े काम की बात होगी–बड़े काम की बात होगी। इस तरह के छोटे-छोटे प्रयोग, जो करना उचित हो, उनका उपयोग करना चाहिए। वे उपयोगी होंगे। और हमारे मूवमेंट को चलाने में और गति देने की हवा खड़ी करने में सार्थक होंगे।

यह जो कपड़ों का मामला है, वह भी मामूली जैसा है। अब तो कपड़े कुछ टूटे हैं, अंग्रेज़ों की कृपा माननी चाहिए, हमारी वजह से नहीं टूट गये हैं, मजबूरी में टूट गये हैं कपड़े। लेकिन आज भी फासला जाहिर है। आज भी पता चल जाता है कपड़े पहनने से कि आदमी क्या है, कौन है? यह जाने दें। कपड़े कोई खबर नहीं देने चाहिए। और धीरे-धीरे एक से कपड़े सारी जाति के लोग पहनते हों, इसकी भी हमें चिंता करनी

चाहिए। हमारे युवक-युवती जो पहनते हैं, वह उनके कपड़े से पता न चल सके कि वह कौन-सी जाति का आदमी है। इसकी भी हमें चिंता करनी चाहिए जो-जो बैरियर्स हैं—आदमी को आदमी से अलग दिखलते हैं, बैरियर्स हमें तोड़ने चाहिए। तो हम... जिसको तुम बार-बार कहते हो कि क्रिएटिव, सृजनात्मक क्या है, तो तुम्हें लगेगा कि तुम कुछ कर रहे हो, बैरियर्स तोड़ रहे हो।

ये बैरियर्स दो तरह से तोड़े जा सकते हैं, इसकी फिक्र करनी चाहिए—इनकी फिक्र करनी चाहिए। अगर मस्जिदों में अच्छा व्याख्यान हो रहा है, तो हमारे युवक दल के लोगों को वहां जाना चाहिए। चाहे वे किसी भी जाति के हों, उन्हें सुनने जाना चाहिए और मस्जिद के लोगों को निमंत्रण करके आना चाहिए कि हमारा भी कभी होता है, तो आप वहां आएं। अगर चर्च में कुछ हो रहा है, तो जाना चाहिए। अगर पारसी के मंदिर में कुछ हो रहा है, तो जाना चाहिए। जहां भी अच्छी बात है, वहां जाना चाहिए।

एक इतनी अजीब हालत हो गयी है कि मैं वर्षों बोलता रहूं बंबई में अगर, तो अगर हिंदू सुनते हैं, तो हिंदू ही सुनते रहेंगे, मुसलमान का पता नहीं चलेगा। मुश्किल हो जाएगा उसका पता लगाना; बिलकुल पता नहीं चलेगा। यह तो बहुत दूर की बात है। कलकत्ता में मैं बोलता हूं, अभी तक बंगाली मुझे कलकत्ते में सुनने नहीं आया, क्योंकि आयोजन करनेवाले मारवाड़ी हैं। बस मारवाड़ी मुझे सुनते हैं। कलकत्ते में एक बंगाली आया नहीं। कलकत्ते में बोलूं मैं, तो सुननेवाला तो, आयोजक अगर मारवाड़ी है तो मारवाड़ी सुनने आयेगा।

तो हिंदू मुसलमान तो दूर का मामला है। अगर जैनों के बीच में बोलूंगा किसी गांव के बीच जाकर, वहां के हिंदू नहीं आएंगे। हिंदुओं के बीच में बोलूंगा, उसी गांव में...। ग्वालियर में बोला पहली दफा, लो जैनों के बीच गया तो जैन ही मुझे सुननेवाले थे। दूसरी बार उसी गांव में बोलने गया। कोई महाराष्ट्रीयन ब्राह्मणों की संस्था थी, तो उन्होंने मुझे सुना। वहां मुझे एक भी जैन दिखाई नहीं पड़ा। मैं बहुत हैरान हुआ कि यह सब क्या है! वहां उनको खबर ही नहीं है कि यह सब; कोई संबंध नहीं है। हमारे एक दूसरे के भीतर हमारा कोई प्रवेश नहीं है।

कपड़े बदलने हैं, नाम बदलना है, अंतर्जातीय विवाह को गति देनी हैं।

हिंदुस्तान में राजा राममोहन राय से लेकर गांधी तक सारे लोगों ने इस बात की कोशिश की कि हिंदू-मुस्लिम एक हो जाएं। लेकिन वह कोशिश सफल नहीं हो सकी, क्योंकि समझाने का कोई सवाल नहीं है। अगर इन सारे लोगों ने एक कोशिश की होती कि हिंदू-मुसलमान विवाह करें और उनके जितने माननेवाले थे, वे विवाह अगर कर लेते, तो हिंदुस्तान पाकिस्तान का बंटवारा असंभव था, यह कभी नहीं होता। चीन जैसे मुल्क में आज तक कोई धार्मिक झगड़ा नहीं हुआ और न होने का कारण यह नहीं है कि चीन के आदमी बहुत अच्छे हैं, लड़ते नहीं। कुल कारण इतना है कि चीन में एक-एक घर में दो-दो, तीन-तीन धर्मों के लोग हैं, झगड़ा किससे करेंगे? पत्नी बौद्ध है, पति कन्फ्यूसियस

है। अब अगर कन्फ्यूसियन में और बौद्ध में झगड़ा हो जाये, तो कैसा झगड़ा चलेगा दोनों में? हिंदुस्तान में झगड़ा हो सकता है। हिंदू अलग हैं, मुसलमान अलग हैं। झगड़ा हो जाये, तो छुरेबाजी हो सकती है। अगर मेरी मां मुसलमान हैं और मेरे पिता हिंदू हैं, तो मैं कहां खड़ा होऊंगा, किससे झगड़ने जाऊंगा? अगर हिंदू-मुस्लिम दंगा होगा, तो मेरे में दंगा हो जाएगा। वह नहीं चल सकता। इतना एक-दूसरे के घर में—एक-एक घर में पांच-पांच धर्म के लोग चीन में उपलब्ध हो सकते हैं।

मेरे एक मित्र एक घर में ठहरे। वे दंग रह गए जब उनको पता चला कि इस घर में पांच धर्मों के लोग हैं। तो कैसे झगड़ा होगा? झगड़ा करोगे कैसे? चर्च जलाओगे, तो तुम्हारे घर में एक आदमी जलेगा। मस्जिद में आग लगाओगे, तो एक आदमी है और मंदिर में आग लगाओगे, तो एक आदमी है। तो ध्यान पड़ेगा कि घर के सब आदमी जलाने पड़ेंगे—उसका चर्च है, उसका मंदिर है।

हिंदुस्तान में कभी पाकिस्तान नहीं बंटा होता, अगर हिंदुस्तान के बच्चों ने मुसलमान या हिंदू या जैनों और बौद्धों के बीच विवाह किए होते। लेकिन बच्चे बिलकुल कमजोर हैं, बच्चे एकदम कमजोर हैं, कोई हिम्मत ही नहीं है। तो हिम्मत जुटाने की बात है। अगर एक सोशल रिवोल्यूशन लानी है, तो हिम्मत जुटाने की बात है।

और जिस तरह फर्क-फासला गिराना है हिंदू-मुसलमान के बीच, उतनी ही बड़ी जाति है। स्त्रियों की और पुरुषों की, उसके बीच का

भी फासला गिराना है। वह और भी बड़ी जाति है। हिंदू-मुसलमान का झगड़ा गिर भी जाए, वह स्त्री और पुरुष का झगड़ा गिरता नहीं। अब यह देखकर बड़ा मन खुश होता है कि स्त्रियां बैठी हैं बीच-बीच में। यह देखकर कितना दुख होता है कि इधर बीच में जगह छोड़ी हुई है। इधर पुरुष बैठे हैं, स्त्रियां एक तरफ बैठी हैं! यह सब बेहूदा मालूम होता है कि अशिष्ट लोग हैं। यह अशिष्टता का लक्षण है, असंस्कृति का लक्षण है कि स्त्री तुम्हारे बीच में नहीं बैठ सकती। यह इस बात का सबूत है कि साथ में पुरुष बैठे हैं, वे सब खतरनाक हैं, वे सब भले नहीं हैं! इन लोगों के बीच में स्त्री का बैठना मुश्किल है। कोई धक्का मार दे, कोई कपड़ा खींच ले, कोई कुछ कर दे! तो फासला हमें तोड़ने की जरूरत है कि यह फासला टूट जाना चाहिए।

स्त्री और पुरुष कोई दो जाति के जानवर नहीं हैं। उनके बीच फासला नहीं होना चाहिए लेकिन वह फासला है, और इस मुल्क में तो भारी है। इस फासले को बिलकुल तोड़ डालना है।

तो यह जो युवक क्रांति दल हो, वह धीरे-धीरे इस हिम्मत को जुटायेगा कि वहां स्त्री-पुरुष को हम रिकग्नाइज़ नहीं करते। हम नहीं स्वीकृति देते कि कौन स्त्री है। हम इसकी चिंता नहीं करते। और यह स्त्री-पुरुष के बीच इतना फासला क्यों खड़ा किया हुआ है। यह इसी बात का सबूत है हमारे चित्त बहुत अनैतिक हैं। अगर चित्त नैतिक हों, तो इस फासले को खड़े करने की जरूरत नहीं हैं।

और बड़े मजे की बात है, चित्त अनैतिक हैं इसलिए फासला है और फासला है इसलिए चित्त नैतिक हो नहीं सकते, वह अनैतिक होते चले जायेंगे–होते चले जायेंगे।

पूरे इस देश में–पूरे देश में जहां भी जाता हूं, मैं सुनकर हैरान हो जाता हूं कि कोई लड़की अकेली नहीं निकल सकती रास्ते पर। कोई गाली दे देगा, कोई धक्का मार देगा, कोई कुछ-न-कुछ कह देगा। अभी जबलपुर जहां मैं रहता हूं, वहां मुझे ज्यादा पता चलता है। वहां तो मैं दंग रह गया हूं, देखकर। यूनिवर्सिटी में मैं था, तो लड़कियां इस तरह जैसे कि बिलकुल कोई शिकार का जानवर हों, उनके चारों तरफ शिकारी खड़े हुए हैं। जिनको कहीं से भी कोई चोट मारेगा। वह किस तरह घबराई हुई कालेज में आती हैं, किस तरह घबराई हुई कालेज से जाती हैं। लेकिन न वे किसी से कह सकती हैं, न कोई सुननेवाला है। और कोई सवाल ही नहीं है, कोई विचार का सवाल नहीं है।

यह इतना पागलपन कैसे खड़ा हुआ है? यह पागलपन तोड़ने जैसा है। हिंदू, मुसलमान के बीच भी फासले गिरा दें, स्त्री और पुरुष के बीच भी फासले गिरा दें। लेकिन अब तक क्यों नहीं गिरे फासले? फासले खड़े क्यों किए गए? फासले इसलिए खड़े किए गए कि स्त्री और पुरुष के बीच अगर निकटता हो, तो प्रेम का खतरा पैदा होता है। और जातिवादी जो दिमाग है, वह प्रेम से बचना चाहता है, क्योंकि प्रेम पता नहीं रखता कि कौन मुसलमान है, कौन हिंदू है, कौन ईसाई है।

विवाह में इंतजाम रखा जा सकता है कि हमको हिंदू से हिंदू का विवाह करना है, ब्राह्मण का ब्राह्मण से विवाह करना है। और प्रेम बड़ा गड़बड़ है, अराजक है। वह कभी हिसाब नहीं रखता कि सामनेवाला ब्राह्मण है कि नहीं। पहले प्रेम हो जाता है, पीछे पता चलता है कि ब्राह्मण है कि ईसाई है कि मुसलमान है।

क्योंकि जातियों को अलग रखना है, इसलिए प्रेम को गुंजाइश नहीं देनी है, जगह नहीं देनी है जरा भी। प्रेम को जगह दी कि जातियां गयीं।

जिस दिन दुनिया में प्रेम को जगह दे दी जायेगी, उसी दिन जातियां उसी वक्त खत्म हो जायेंगी–जातियां नहीं बच सकती हैं। जातियों को बचाने के लिए प्रेम की हत्या कर दी है। प्रेम को बचने मत दो, तो जातियां बचेंगी, नहीं तो जातियां नहीं बच सकतीं।

अगर हम खयाल करेंगे, तो हमें पूरा जो सोशल मिल्यू जिसको कहें, वह जो हवा है पूरे समाज की, उसमें खोजबीन करनी है; और सबको चिंतन करना है कि वहां क्या-क्या चीजें हैं, जो तोड़ने जैसी हैं, जिनसे हम सहमत हो सकते हों, जिनको हम तोड़ें। चाहे हम आज न तोड़ सकें, तो लक्ष्य की तरह सामने रखे कि हम तोड़ने की कोशिश करेंगे। हो सकता है, हम न तोड़ सकें, हमारा बच्चा तोड़ेगा। हम तोड़ने की हवा पैदा करेंगे, हम उपाय करेंगे, हम सोचेंगे। इस सबे पर चिंतन यहां पैदा करेंगे, हम उपाय करेंगे, हम सोचेंगे। इस सब पर चिंतन यहां पैदा

करना चाहिए। और जितनी बड़ी क्रांति लानी हो, उतने शांत लोग चाहिए, यह ध्यान में रहे। क्रांति अशांत लोग नहीं लाते। क्रांति शांत लोग लाते हैं। जितने शांत होंगे, उतनी बड़ी क्रांति लाते हैं।

तो सबसे बड़ी केंद्रीय बात, वहां हम शक्ति इकट्ठी करें, विचार इकट्ठा करें। लेकिन सबसे बड़ी बात, शांति इकट्ठी करें कि जब हमारा युवक कोई बात कहे किसी से जाकर तो ऐसा मालूम न पड़े कि वह उच्छृंखलता की बातें कर रहा है। ऐसा मालूम न पड़े कि वह कुछ चीजों को फोड़ने की गलत बातें कह रहा हो। उसको देखकर लगे कि वह इतना शांत है कि उसे भीतर से उच्छृंखलता की बात नहीं आ सकती। अगर वह कह रहा है तो सोचकर कह रहा है, विचार से कह रहा है।

फिर हम किन-किन बातों को समाज तक पहुंचाएं, उसकी हमें फिक्र करनी चाहिए। अभी तो वर्षों तक सारे युवक जो मेरे आसपास आते हैं, उनको यही फिक्र करनी चाहिए कि इन खयालों को एक-एक घर तक कैसे पहुंचा दिया जाए। साहित्य पहुंचाएं लोगों के घर पर। आपके चिंतन परिचित हैं यह आपका लक्ष्य होना चाहिए कि मेरे परिचितों में एक भी आदमी का ऐसा घर नहीं होगा कि साहित्य नहीं पहुंचा दूंगा। वहां साहित्य पहुंचा दें। टेप अपने मित्रों को सुनवा दें। इसकी पूरी फिक्र करें कि मेरे मित्र पूरे आ सकेंगे, सुनेंगे, समझेंगे। एक बार तो उनको मैं ले आऊंगा। दुबारा उनके ऊपर छोड़ देंगे कि वे अगर आना चाहते हैं, तो आएं; कोई जबर्दस्ती नहीं है। अगर सौ-पांच सौ युवक इकट्ठे होकर पूरे बंबई के शहर में साहित्य पहुंचाने का काम हाथ

में ले लें, तो हम दो वर्ष में पूरे बंबई के घर-घर में साहित्य पहुंचा देंगे, इसमें कोई कठिनाई नहीं है।

साहित्य पहुंचा देना है एक-एक घर में। एक-एक घर में खबर पहुंचा देनी है, बात पहुंचा देनी है। खासकर नये युवकों और युवतियों तक तो पूरी खबर पहुंचा देनी है। और अभी तो बहुत काम पड़ सकेगा, क्योंकि जो भी मैं कह रहा हूं; उसके कहने में हजार बाधाएं खड़ी की जायेंगी। हजार विरोध किए जायेंगे। तो सारे विरोध और बाधाओं को पार करने के लिए सिवाय युवकों के होने चाहिए कि अखबार जितनी खबर पहुंचा सकें वहां हमारे युवक पहुंचा दें।

आज नहीं कल और तरह की बाधाएं खड़ी करेंगे, क्योंकि यद्यपि उनको लगेगा, समाज में जो न्यस्त स्वार्थ हैं, जिनका वेस्टेज इंट्रेस्ट है, उनको लगेगा कि यह तो सब टूट जाएगा, अगर ये बातें चलती हैं। तो वे पच्चीस तरह के उपद्रव खड़े करेंगे। उन उपद्रवों के सामने खड़े होने का बल युवकों को जुटाना पड़ेगा। आज नहीं कल यह हो सकता है कि सत्याग्रह जैसी हमें कोई बात करनी पड़े वह जोड़ देना पड़े। आज गांव-गांव में जो हो रहा है, अगर हमारे पास पांच-सौ युवक एक गांव में हैं, तो हम वहां कुछ सत्याग्रह जैसी चीजें कर सकते हैं हजार चीजें चल रही हैं, जिनके खिलाफ एक हवा पैदा की जा सकती है। इस हवा का उपयोग किया जा सकता है, हम अपना संकल्प जाहिर कर सकते हैं कि यह नहीं होने देंगे। यह सारा का सारा करने का काम बहुत है।

लेकिन इसके पहले कि वह काम हो, विचार पहुंचाने जरूरी हैं, ताकि विचार से लोग आएं और फिर काम पैदा होते रहें। अभी दो साल के लिए तो ये सारी बातें जो मैंने कही हैं, इन्हें सुझाएं कि इन सबको करिये। सबसे बड़ी कीमती बात की फिक्र करिये कि अधिकतम लोगों तक खबर कैसे पहुंचाई जाये, बात कैसे पहुंचाई जाये। और फिर हर गांव के अपने-अपने छोटे-छोटे मसले जो गांव के अपने होते हैं, लोगों के अपने होते हैं और अपनी सभाएं होती हैं, उन पर भी ध्यान देने की जरूरत है।

अभी मैं प्रेमचंद भाई से बात किया हूं कि युवक क्रांति दल के जो युवक हों, युवती हों, एक विशेष यूनिफार्म होनी चाहिए उनकी। कम-से-कम सभाओं में वे यूनिफार्म में दिखाई पड़ने चाहिए। पांच सौ युवक वहां यूनिफार्म में होने चाहिए। उसका इम्पैक्ट और होगा। सभा व्यवस्थित मालूम पड़ेगी। सभा के पीछे एक आंदोलन खड़ा हो रहा है, यह मालूम पड़ेगा। विचार सिर्फ विचार नहीं है, इसके पीछे बल और ताकत खड़ी हो रही हैं, यह भी मालूम पड़ेगा। मैं क्या कह रहा हूं, उसका इतना परिणाम नहीं है, जितना इस बात का परिणाम होगा कि कितने लोग उस बात को संकल्पपूर्वक करने को राजी हो रहे हैं। वह सारी हवा पैदा करनी है।

अभी तो चाहे, एक दिन मिलते हैं, वहां टेप सुनें, वह तो ठीक है। चर्चा करें, वह भी ठीक है। लेकिन चर्चा और टेप पर्याप्त नहीं हैं। आपको कुछ काम चाहिए, नहीं तो वह ऊब जायेगा। उसके लिए कुछ काम खोजें—साहित्य पहुंचायें, टेप दूसरी जगह ले जायें सुनाने को। सुनें,

दूसरे को सुनवायें। खबर पहुंचायें, चर्चा पहुंचायें। छोटी यहां कोई पत्रिका निकाल सकते हैं युवक क्रांति दल की, चाहे महीनों में निकालें, चार पन्नों की निकालें। उस पत्रिका को घर-घर तक पहुंचाने की फिक्र करें। इसलिए कि संसार के भीतर कोई पत्र मेरी बात छापने को धीरे-धीरे राजी नहीं होगा। हमारे पास अपने पत्र चाहिए, अपने पत्र से पहुंचाना पड़ेगा, नहीं तो बात ही नहीं पहुंचाई जा सकेगी। वे कुछ भी छाप देंगे। वह पहुंच जायेगा, हम नहीं पहुंचा सकेंगे।

आज पचास हजार की मीटिंग भी आप ले लें, तो उसका उतना परिणाम नहीं होता, जितना एक छोटे-से अखबार का परिणाम होता है। तो छोटी बुलेटिन यहां निकालनी चाहिए। और बंबई में फिक्र ज्यादा करनी चाहिए, क्योंकि फिर उसी के आधार पर हम पूरे मुल्क में केंद्र को खड़ा कर देंगे। यहां जिम्मा ज्यादा बड़ा है। आपके ऊपर। यहां एक न्यूक्लिअस खड़ा हो जाए, तो फिर उसके आधार पर पूरे मुल्कों में युवक पूछ लें कि क्या करें क्या नहीं करें। तो उनको यहां से सर्कुलर भेजे जा सकते हैं, खबर भेजी जा सकती है, लोग खड़े कर सकते हैं। यूनिवर्सिटी कैम्पस में, कालेज में वहां बूथ खड़े करिये, वहां टेंट खड़े करिये, वहां मिलने का इंतजाम करिये। सब जगह मिल सकते हैं कालेज में आप पांच मित्र पढ़ते हैं, तो वहां के रिसेस में, छुट्टी में पचास लोग इकट्ठे पंद्रह मिनट मिल सकते हैं।

मेरे खिलाफ लिखा जायेगा बहुत-कुछ—मेरे विचारों के खिलाफ लिखा जायेगा। अभी हमको कोई खयाल नहीं। लिखा गया है खिलाफ,

ठीक है। हमको क्या करना है! वह सब भूल जायेंगे लोग वह गलत बात है। अगर हमारे पास पांच सौ युवक हैं, तो उसका जवाब लिखा जाना चाहिए, उसका उत्तर लिखा जाना चाहिए। अगर एक उनके पास मेरे विपक्ष में कुछ पहुंचाता है, तो उनके पास दो मेरे पक्ष में भी कोई खबर पहुंचानी चाहिए। उनको लगना चाहिए कि विपक्ष में छापना आसान नहीं है, क्योंकि दस आदमी पक्ष में भी कुछ बात कहने को तैयार हैं।

अक्सर होता यह है कि चार आदमी अगर गांव में विरोध में हों तो चार आदमी जाकर लिख आयेंगे अखबार में। सारी दुनिया को ऐसा लगेगा कि पूरा गांव विरोध में है। और वे जो मेरे साथ हैं, वे कहेंगे कि ठीक है, हमको क्या करना है! वे तो लिख रहे हैं; गलत लिख रहे हैं। लेकिन लोग जो मुझे नहीं जानते हैं, उनको पता भी नहीं चलेगा कि उन्होंने क्या लिख दिया और क्या नहीं लिख दिया। क्या छापना है और क्या नहीं छापना है। कुछ भी लिख सकते हैं, कुछ भी छाप सकते हैं।

अभी एक किताब निकाली है मेरे खिलाफ। उसमें लिखा है कि मैं जैन साधु था। पहली दफा पढ़कर मुझको पता चला कि मैं जैन साधु था और जैन साधु मैं छोड़ दिया हूं अब। अब मैं गृहस्थ हो गया हूं साधु से। मगर मैं कब था? यह पहली दफा उस किताब को पढ़कर मुझे पता चला। इस सबके लिए कुछ बल खड़ा करना पड़ेगा। इन सबके लिए तो संगठन होना चाहिए न! तो युवक इकट्ठे होंगे, तो ही होगा।

इन सबकी फिक्र करिये और इस पर मिलकर ज्यादा बातचीत, बहुत विचार मत करिये। एक सूत्रबद्ध व्यवस्था बनाइये कि इतना हमें करना है। ऐसे-ऐसे करना है, कैसे करेंगे, और करना शुरू कर दीजिये। इसकी फिक्र मत करिये कि बहुत लोग आयेंगे, तब हम शुरू करेंगे। लोग हमेशा आयेंगे। अगर काम में, विचार में बल हो, तो लोग आते रहेंगे। अगर आपके पास उनको रोकने की व्यवस्था रही तो लोग आयेंगे और रुक जायेंगे। अगर आपके पास रोकने की व्यवस्था नहीं रही, तो हजारों लोग आयेंगे और चले जायेंगे। हां, कुछ रोकने के लिए जगह होनी चाहिए कि जो लोग उत्सुक होकर आते हैं, वे रुक सकें। मैं क्या कर सकता हूं, कितना कर सकता हूं? मैं सारे मुल्क में चिल्लाता घूम सकता हूं। तीन दिन यहां रहूंगा, फिर चला जाऊंगा। फिर मेरे पीछे फालो अप करने के लिए फिक्र होनी चाहिए।

कितनी छोटी-छोटी चीजों से असर पड़ता है, जो हमें पता ही नहीं! हिटलर ने पहली बार जब वहां संगठन युवकों का खड़ा किया जर्मनी में, उसके साथ सात आदमी थे कुल। और एक भी प्रशिक्षित आदमी नहीं था। सात साधारण लोग थे। उन सात लोगों को लेकर उसने किस भांति काम शुरू किए? हिटलर बोलने जाता मीटिंग में, तो उन सात लोगों को सिखाकर रखता है कि तुम जाकर सात जगह बैठ जाओ और फल-फलां जगह जोर से ताली पीटना। क्योंकि लोगों का जो दिमाग है, दूसरे सात लोगों को ताली पीटते देखकर, पूरा हाल ताली पीटता। कोई अपनी बुद्धि से ताली नहीं पीटता। यह सोचना ही

नहीं तुम कभी। सौ में से अस्सी आदमी दूसरों को ताली पीटते देखकर ताली पीटते हैं। हिटलर का भाषण और सारा हाल ताली पीटे। सारे गांव में खबर हो गई कि मामला क्या है। और वे कुल जमा साज आदमी थे, जो ताली पिटवाते थे, और वह सारा हाल ताली पीटता था।

फिर उसने दूसरा काम शुरू किया। मैं नहीं कहता कि ऐसा काम आप शुरू कर दें। उसने दूसरा काम शुरू किया कि दूसरे की मीटिंग होने देना मुश्किल कर दिया जर्मनी में। क्योंकि वही सात-आठ आदमी दूसरे की मीटिंग में गड़बड़ कर देते थे। जब वे सात-आठ आदमी गड़बड़ करेंगे, तो पूरा हाल डिस्टर्ब हो जायेगा। धीरे-धीरे यह हालत हो गयी कि गांव के लोगों को पता चल गया कि सिर्फ हिटलर की मीटिंग में शांति रहती है और कहीं शांति नहीं रहती। वहां जाना फिजूल है, वहां अशांति होगी, वहां कोई जाने की जरूरत नहीं। और न वह कोई अच्छा बोलने वाला था, न बड़ा विचारक था, न कोई बुद्धिमान आदमी था। और इन थोड़े-से लोगों ने सारे जर्मनी पर कब्जा कर लिया। न केवल जर्मनी पर कब्जा कर लिया, इन थोड़े-से लोगों ने सारी दुनिया को इतनी मुसीबत में डाल दिया कि दुनिया के इतिहास में कभी ऐसा नहीं हुआ था, कि एक आदमी ने इतनी बड़ी दुनिया को बड़ी मुसीबत में डाला हो।

बुरे काम को करनेवाले लोग हमेशा संगठन खड़ाकर देते हैं; संसार को कठिनाई में डाल देते हैं। अच्छे काम को करने वाले लोग बैठकर बातचीत करते हैं और घर चले जाते हैं।

सबकी खराबी है यह। बुरा काम करने के लिए हमेशा संगठन खड़े हो जाते हैं। अच्छे काम के लिए हमेशा बातचीत होती है। और इसलिए बुरा आदमी जिसको किसी का समर्थन नहीं है, वह धीरे-धीरे जीत जाता है। और अच्छा आदमी जिसको सबका समर्थन मिल सकता था, वह धीरे-धीरे हार जाता है।

इस पर थोड़ा ध्यान देना जरूरी है कि अगर कोई विचार हमें अच्छा लगता है, तो यह हमारा कर्तव्य हो गया कि हम जहां तक उसे पहुंचा सकें, पहुंचायें। नहीं तो अच्छा विचार सिर में रहने से किसी काम का नहीं है, बेकार हो जायेगा। वह सक्रिय होगा, तो ही काम कर पायेगा, नहीं तो नहीं कर पायेगा। और कोई भी अच्छा विचार जैसे ही सक्रिय होगा, जिन विचारों के साथ में ताकत है, वे उसके विरोध में खड़े हो जाने वाले हैं और उनके साथ पूरी व्यवस्था है और आयोजन है इसलिए वे कभी भी किसी भी नए विचार की गर्दन घोंट सकते हैं।

आज हमको लगता है कि जीसस का विचार बड़ा प्रभावशाली है, लेकिन जिस दिन जीसस को सूली दी गयी, तो एक आदमी भी इनकार करनेवाला नहीं था। सोचने जैसा मामला है कि जीसस जैसे अच्छे आदमी को, जिसके मुकाबले में जमीन पर मुश्किल से दो-चार आदमी हुए, इस आदमी को जिस दिन सूली दी गई, तो एक आदमी यह कहने वाला नहीं था कि यह क्या कर रहे हो ? एक लाख आदमी देखने इकट्ठे थे, लेकिन एक आदमी ने यह नहीं कहा कि गलत कर रहे हो। एक

लाख लोगों ने कहा बिलकुल ठीक है। क्योंकि जिनके हाथ में ताकत थी, उन्होंने प्रचार किया कि यह आदमी गलत है।

जीसस के कुल अनुयायी जीसस की जिंदगी में आठ थे, इससे ज्यादा नहीं। और आठ भी घबड़ा गए। जब सारी दुनिया खिलाफ हो जाए। रात को जब जीसस को पकड़कर ले जाने लगे–तो उनके एक मित्र ने, पीटर ने, जो उनका साथी था–उसने कहा कि, 'कोई फिक्र नहीं, हम साथ चलते हैं।' जीसस ने कहा, 'मैं कभी जिंदगी में इनकार नहीं करूंगा आपको।'

जीसस को पकड़कर ले चले। पीटर पीछे चल रहा है। वह जो भीड़ ले जा रही है, उसको शक हुआ कि यह आदमी कुछ अजनबी है। हमारा आदमी नहीं मालूम होता। उसको पकड़कर पूछा कि 'तू कौन है? जीसस के साथ है? 'उसने कहा, 'नहीं मैं क्यों साथ हूं? मैं तो अजनबी आदमी हूं। जीसस ने पीछे लौटकर कहा, 'कहा था मैंने कि सूरज उगने के पहले तीन दफे इनकार कर देगा।'

अगर इतनी बड़ी भीड़ विरोध में हो, जब इतनी सारी दुनिया की व्यवस्था विरोध में हो, तो वे जो साथ भी खड़े होते हैं, उनकी हिम्मत ही डांवाडोल हो जाती है कि कैसे साथ खड़े रहें। और उनका दिमाग भी इसी भीड़ ने बनाया हुआ है। इनके दिमाग में भी शक होने लगता है कि हो न हो यह आदमी गड़बड़ हो। जब इतने सारे लोग कहते हैं, तो गड़बड़ होना चाहिए। इतने सारे लोग कभी गलत कह सकते हैं?

सुकरात को सूली दी, जहर पिला दिया। बस्ती में लोग नहीं मिले, जो उनकी गवाही दे सकते कि यह आदमी ठीक है। और आज दो हजार साल से हम गवाही दे रहे हैं कि वह बहुत बढ़िया आदमी है। बड़ी हैरानी की बात है! लेकिन जिनके पास व्यवस्था है, प्रचार के साधन हैं, वे कुछ भी प्रचार कर सकते हैं। वे कोई भी व्यवस्था खड़ी कर सकते हैं।

अगर कोई भी विचार पहुंचाना हो, लगता हो कि प्रीतिपूर्ण है, पहुंचाने जैसा है, तो उसके लिए बल इकट्ठा करना, संगठित होना, उसके लिए सहारा बनना एकदम जरूरी है। उसके लिए तो डिटेल्स में सोचें, विचार करें। लेकिन ये सारी बातें जो मुझे सुझाई हैं, ये सब ठीक हैं तो इन सबके आधार पर सोचना शुरू करें।

काम शुरू कर दें, पांच-दस लोग इकट्ठे होकर, कोई फिक्र नहीं। यह अगर कर पाते हैं, तो पांच वर्षों में पूरे मुल्क में युवकों की एक बिल्कुल ही नयी धारा खड़ी की जा सकती है जो सारी शिक्षा को बदल डाले, सारे समाज को बदल डाले, सारी व्यवस्था को बदल डाले, सारे चिंतन को बदल डाले।

और जल्दी ऐसा कुछ करें कि पांच सौ युवक यहां बंबई इकट्ठे होते हैं, तो फिर जल्दी हम एक कैंप ले लेते हैं, ताकि वह पहला केंद्र बने और वहां विस्तार से सारी बात हो सके। और उस विस्तार के आधार पर फिर हम व्यवस्थित योजना बनाएं। और अभी तो आप

जितने लोग मिलते हैं, उनमें से तीन लोगों की एक कमेटी बना दें। वे तीन लोग कांस्टिट्यूशन बनाएं, विधान बनाएं कि क्या विधान होगा, क्या सदस्यता के नियम होंगे। वह जो औपचारिक धारा है, उसको थोड़ा व्यवस्थित कर लें और व्यवस्था के अनुसार काम शुरू कर दें।

और जिंदगी कोई ऐसी चीज नहीं है कि हम आज आखिरी निर्णय ले लेते हैं। हम काम करेंगे, कल ठीक लगेगा, नहीं लगेगा। फिर जो और कुछ सुझाव आयेंगे, उसके हिसाब से काम होता चला जाएगा। लेकिन बड़ा जिम्मा बंबई के मित्रों पर है और वह बड़ा जिम्मा यह है कि आज जैसा बनायेंगे, उसके आधार पर पूरे मुल्क में बनना शुरू हो जायेगा।

और हर चीज के लिए मेरी तरफ नहीं देखना चाहिए। वह जो गाइडेंस खास है, वह मैं दे देता हूं, फिर डिटेल्स में और ब्यौरों की बातें आपको तय कर लेनी चाहिए। एक-एक ब्यौरे की बात के लिए मेरी तरफ प्रतीक्षा नहीं करनी चाहिए कि मैं आऊंगा और तब यह बात होगी। तब तो काम होना बहुत मुश्किल हो जाएगा।

प्रश्न : आपको यहां ही रहना होगा।

उसके लिए भी, उसके लिए भी बल जुटाना पड़ेगा आपको, क्योंकि मेरे यहां रहने में भी बाधाएं डालनेवाले लोग बाधाएं डालना शुरू करेंगे। उसके लिए बल जुटाना पड़ेगा। उसके लिए भी बल जुटाना पड़ेगा कि मैं कहां रहूं।

प्रश्न : क्या यह नहीं हो सकता है कि हर एक शहर में पांच-सात युवक आकर एक कैंप में आ जाएं और उनको ठीक तरह से थोड़ी-सी तालीम दी जाए?

वह भी मैं सोच रहा हूं। एक युवक भी अगर गर्मियों के दो महीने की छुट्टियों में, दो युवक टोली बनाकर टेप-रिकार्ड लेकर और साहित्य लेकर गांव चले जाएं, तो बहुत काम करके लौट सकते हैं कि कुछ किया। वह भी ठीक है, पांच-पांच लोगों के लिए एक छोटा कैंप रख लिया जाए।

एक दफा कांस्टिट्यूशन बना लो, ब्यौरे की सब बातें बना लें। अभी तो मामला ऐसा हो गया है कि हमारे पास कोई भी इंतजाम नहीं है। मैं जो बोलता हूं, वह तत्काल पूरे मुल्क में, जो-जो मुझे प्रेम करनेवाले हैं, उन सब तक फौरन पहुंच जाना चाहिए। मेरी बात पहुंचने के पहले मेरे खिलाफ जो भी पहुंचता है, वह पहले पहुंच जाता है। और वे बेचारे सब परेशान हो जाते हैं कि क्या हुआ क्या नहीं हुआ!

प्रश्न : युवक क्रांति दल का राजनीति से क्या संबंध रहेगा?

सांस्कृतिक क्रांति की बात है। राजनीति से हमें सीधा कोई मतलब ही नहीं है, जरा भी मतलब नहीं है। वह तो हमारी सांस्कृतिक क्रांति की विचारधारा फैलेगी उसके परोक्ष परिणाम राजनीति पर पहुंचेंगे, वह दूसरी बात है।

हमें उससे कोई मतलब नहीं है। सीधा मतलब नहीं है कोई।

युवक संगठन को कोई सीधा मतलब राजनीति से नहीं है। हमारा तो वैचारिक क्रांति करने का मुख्य ध्येय है। वह वैचारिक क्रांति तो हर चीज में फर्क ला देगी। वह तो राजनीति को भी प्रभावित करेगी, वह बिलकुल दूसरी बात है। लेकिन हमारा कोई सीधा मतलब नहीं है, वह तो हम अगर मुल्क को विचार करना सिखा सकें, तो मुल्क की राजनीति बदल जायेगी।

तीसरा प्रवचन

पहले विचार, फिर निर्विचार

मेरे प्रिय आत्मन्,

एक परिवार में मैं मेहमान था। उस परिवार के द्वार पर ही एक बहुत सुंदर पक्षी को पिंजड़े में बंद रखा गया था। उस पिंजड़े की कांच की दीवालें थीं। शायद उस पक्षी को पता भी नहीं होगा कि उसके और दुनिया के बीच में कोई दीवाल भी है! कांच की दीवाल तो ट्रांसपेरेंट थी। उसके पार दिखाई पड़ता था। और इसीलिए पक्षी को शायद पता भी न हो कि उसके और आकाश के बीच में रोकनेवाली कोई बाधा है।

शायद बहुत बार उसने अपनी कांच की दीवाल को चोचें मारी होंगी, पंख फड़फड़ाये होंगे, फिर धीरे-धीरे कोई मार्ग न देखकर उसने यह भी छोड़ दिया होगा। और वर्षों तक बंद रहने के बाद शायद उसे अब यह भी पता नहीं होगा कि उसके पंखों का उपयोग क्या है? वर्षों तक जो पक्षी उड़ा न हो, उसे कैसे याद रह सका होगा कि मेरे पंख उड़ने के

लिए हैं। वह पक्षी अपने पंखों को बोझ समझता होगा—व्यर्थ—जिनका कोई प्रयोजन नहीं; जिनका कोई उपयोग नहीं; जो कभी-कभी पिंजड़े में चलने-फिरने में बाधा बन जाते होंगे।

उस पक्षी को अपने पंख बोझ मालूम पड़ते होंगे, पंख जो कि आकाश में उठा सकते थे। लेकिन वह पक्षी कभी आकाश में उठा नहीं था। उसे, आकाश भी है—उड़ने के लिए एक मुक्त खुला आकाश भी है; बादलों के पार उठने की क्षमता भी है; सूरज के प्रकाश में नाचने की मुक्त, सारी सीमाओं को तोड़कर उड़ने की स्वतंत्रता भी है—ये सारे खयाल उस पक्षी को उठने बंद हो गये होंगे।

मैं उस पक्षी को देखकर सोचने लगा और तब मुझे खयाल आया कि आदमी भी ऐसी ही ट्रांसपेरेंट दीवालों में बंद हैं। अगर दीवालें पत्थर की हों, तो आदमी उन्हें तोड़ने की कोशिश कर सकता है; क्योंकि पत्थर की दीवाल के पार देखना मुश्किल हो जाता है। लेकिन दीवालें अगर कांच की हों, तो पता भी नहीं चलता है कि दीवालें हैं; और ऐसा मालूम होने लगता है—यही है अस्तित्व।

आदमी भी कांच की दीवालों में बंद हैं, घिरा है—एक कैप्सूल्ड है; जैसे कांच के कैप्सूल के भीतर बंद है। यह कांच की दीवाल विचारों से निर्मित है। विचार बहुत पारदर्शी हैं। उनके पार दिखाई पड़ता है। जैसे कांच के पार दिखाई पड़ता है। लेकिन जैसे कांच रोक लेता है उड़ने से, वैसे विचार भी उड़ने से रोक लेते हैं।

मनुष्य को समझने के लिए सबसे पहला तथ्य यह समझ लेना जरूरी है कि मनुष्य के जीवन में जो चीजें सहयोगी होती हैं, एक सीमा पर जाकर वे ही चीजें बाधक हो जाती हैं। अगर कोई आदमी सोचे भी, विचार भी करे, तो भी इस महत्वपूर्ण तथ्य का एकदम से दर्शन नहीं होता है। क्योंकि हम सोचते हैं, जो सहायक है, वह कभी बाधक नहीं होगा। लेकिन हर सहायक चीज एक सीमा पर बाधक हो जाती है।

अगर कोई आदमी किसी मकान की सीढ़ियां चढ़ता हो, सीढ़यां बिना चढ़े वह मकान के ऊपर नहीं पहुंच सकता। लेकिन अगर सीढ़ियों पर ही रुक जाए। तो भी मकान के ऊपर नहीं पहुंच सकता है। सीढ़ियां चढ़ाती भी हैं, रोक भी सकती हैं।

कोई आदमी नाव से नदी पार करे। अगर नाव पर सवार न हो, तो नदी के पार नहीं जा सकता है, लेकिन नाव पर ही सवार रह जाये, तो भी नदी के पार नहीं जा सकता। एक किनारे पर नाव पकड़ लेनी पड़ती है दूसरे किनारे पर छोड़ देनी पड़ती है। नाव को पकड़ने और छोड़ने, दोनों की क्षमता हो, तो ही आदमी नदी पार करेगा।

जीवन के सारे साधन एक सीमा पर पकड़ने और दूसरी सीमा पर छोड़ देने पड़ते हैं। विचार ने मनुष्य को बहुत कुछ दिया है–विज्ञान दिया है, काव्य दिया है। विचार ने मनुष्य को बहुत कुछ दिया है, लेकिन एक सीमा पर जाकर विचार भी कैप्सूल बन जाता है और आदमी को जकड़ लेता है। और जो आदमी विचारों में बंद रह जाता है, वह परम सत्य को

वह जो अल्टिमेट सत्य है, वह जो जीवन का परम सत्य और आनंद है, उसे जानने से वंचित रह जाता है।

विचार को पकड़ना जरूरी है और छोड़ देना भी।

मैंने सुना है : दो भिक्षु एक नदी के पास से यात्रा करते थे। उन दोनों भिक्षुओं में उस संध्या एक विवाद चलता था। उन भिक्षुओं में से एक की ऐसी मान्यता थी कि पैसे पास नहीं रखने चाहिए, पैसे व्यर्थ हैं। दूसरे भिक्षु की मान्यता थी कि पैसे पास जरूर रखने चाहिए, लेकिन पैसे को पकड़ नहीं लेना चाहिए; पकड़ना व्यर्थ है।

वे दोनों विवाद करते हैं। संध्या जब सूरज डूब गया, तो एक नदी के तट पर पहुंचे, जिसे वे पार करना चाहते हैं। वह जो भिक्षु कहता है, पैसे पास रखने व्यर्थ हैं, उसके पास पैसे नहीं थे कि उस छोटी नाव में सवार हो जाए और नदी के पार चला जाए। उसका मित्र कहने लगा, 'अब क्या होगा, कैसे नदी पार करोगे, क्योंकि पैसे रखना व्यर्थ है। लेकिन मेरे पास पैसे हैं, और प्रमाणित होता है कि पैसे जरूरी हैं!' उस दूसरे मित्र ने पैसे दिए, वे दोनों नदी पार कर गए। जैसे ही वे नदी पार हुए, जिसने पैसे दिए थे, उसने कहा, 'देखा, पैसे थे, तो हम पार हुए!' लेकिन उसका दूसरा मित्र हंसने लगा और उसने कहा, 'तुम कहते हो पैसे थे, इसलिए पार हुए। और मैं कहता हूं तुम पैसे छोड़ सके, इसलिए हम पार हुए! अगर पैसे न छोड़ते, तो पार होना मुश्किल था।' पैसों का होना काम नहीं आया', उसका मित्र कहने लगा, 'उनका छोड़ना काम आया।'

लेकिन पैसे हों, तभी छोड़े जा सकते हैं।

अब यह बड़े मजे की बात है कि पैसे का उपयोग यह है कि वह छोड़ा जा सके। लेकिन लोग पैसे को पकड़ लेते हैं, और तब पैसे का उपयोग व्यर्थ हो जाता है। विचार का भी उपयोग यह है कि वह छोड़ा जा सके, लेकिन लोग विचार को पकड़ लेते हैं, और तब विचार दीवाल बन जाता है और आदमी को रोक लेता है।

यह ध्यान रहे–जीवन बहुत बड़ा है, विचार बहुत छोटे हैं। जीवन बहुत विराट है, विचार बहुत क्षुद्र है। विचार हम करते हैं। हमारी सीमा ही विचार की सीमा भी है। हम असीम नहीं हैं। जगत असीम है। वह जो है, वह अनंत है। उसका न कोई प्रारंभ है, न कोई समाप्ति है। हम पैदा होंगे और मर जायेंगे। एक क्षण हमारा जन्म है और एक क्षण हमारी समाप्ति है। छोटी-सी, एक छोटे-से घेरे में हमारी समझ है। उस छोटी-सी समझ को अगर हम सत्य समझ लें, तो हमने अपनी आत्मा के पक्ष को बंद कर दिया–ऐसी दीवालों में कि धीरे-धीरे वह भूल ही जाएगा कि उड़ना क्या है।

केवल वे ही लोग उड़ सकते हैं अंतरिक्ष में, अंतर के अंतरिक्ष में, भीतर के आकाश में, जो विचार को छोड़ने की क्षमता रखते हैं। लेकिन छोड़ नहीं सकता है, जिसके पास विचार हो।

मैंने सुना है, एक स्टेशन पर बहुत विचार चलता था। कुछ मित्र थे, वे हरिद्वार की यात्रा करने को स्टेशन पर इकट्ठे हुए थे और उनमें से एक मित्र कह रहा था कि 'मैं ट्रेन में नहीं सवार होऊंगा, क्योंकि मुझे

हरिद्वार जाना है।' उन लोगों ने कहा, 'अगर हरिद्वार जाना है, तो ट्रेन में सवार होना पड़ेगा। अगर ट्रेन में सवार नहीं होते हैं, तो हरिद्वार नहीं पहुंचियेगा।' वह मित्र कहने लगा, 'तब ट्रेन से उतरना तो नहीं पड़ेगा?' 'उतरना भी पड़ेगा।' वह मित्र कहने लगा, 'जिस ट्रेन से उतरना पड़ेगा, उस पर चढ़ना ही क्यों? जब उतरना ही है, तो चढ़ना फिजूल है।'

उसका तर्क, उसका लाजिक, उसका आर्ग्युमेंट तो ठीक ही था कि जिस चीज से उतर ही जाना है, तो उस पर चढ़ने का कष्ट क्यों उठाना!

ट्रेन जाने के करीब हो गई, सारे पैसेंजर बैठ गए हैं और हर आदमी यही चिल्ला रहा है कि 'जल्दी चढ़ो। गाड़ी छूट जाने को है। सामान भीतर रखो।' मित्रों ने जबरदस्ती घसीटकर उसे भीतर कर लिया, क्योंकि उन्हें जाना था और तर्क करने का मौका नहीं था।

जिन्हें कहीं भी जाना है, उनके पास तर्क करने का मौका नहीं होता। जिन्हें कहीं भी नहीं जाना है, वे मजे से तर्क कर सकते हैं। खींचकर जबरदस्ती उसे भीतर कर लिया है। वह चिल्ला रहा है कि 'अब देखो, अगर भीतर मुझे ले जा रहे हो तो उतरूंगा नहीं। क्योंकि जिस चीज पर मैं चढ़ जाता हूं, फिर उतरने की जरूरत नहीं मानता, नहीं तो चढ़ता ही नहीं।'

फिर हरिद्वार पर उपद्रव शुरू हो गया। मित्र समझा रहे हैं कि उतरो। अब वह आदमी कह रहा है कि 'चढ़ा था, तो उतरू क्यों?' वह आदमी बात तो ठीक ही कहता मालूम पड़ता है। जहां से उतरना है,

वहां चढ़ना क्यों? और जब चढ़ ही गए, तो फिर उतरने की बात क्या है?

लेकिन वह आदमी पागल दलील दे रहा है। जिंदगी बहुत अद्भुत है। यहां चढ़ना भी है और उतरना भी है—तभी कहीं पहुंचना होता है।

कुछ लोग सोचते हैं—जब विचार छोड़ देना है, तो विचार करने की जरूरत क्या है? विचार ही मत करो। तो आदमी मूढ़ रह जाता है। तो आदमी जड़ रह जाता है। वे जो विचार नहीं करते हैं, वे जड़ रह जाते हैं, उनका कोई विकास नहीं होता क्योंकि वे सीढ़ी पर पैर ही नहीं रखते। लेकिन वे शास्त्रों में से उल्लेख बतायेंगे कि देखो, शास्त्रों में लिखा है—विचार छोड़ दो, तर्क छोड़ दो। जिस चीज को छोड़ने के लिए लिखा है, उसे हम करते ही नहीं। न हम तर्क करते हैं, न विचार करते हैं—हम तो विश्वास करते हैं, क्योंकि विश्वास करने में न विचार करना पड़ता है, न तर्क करना पड़ता है।

लाखों लोग विश्वास में जकड़कर मर जाते हैं, लेकिन कुछ लोग हिम्मत करते हैं विचार करने की। वे कहते हैं हम विचार करेंगे, क्योंकि जो हमें ठीक दिखाई नहीं पड़ता, उसे हम कैसे मान सकते हैं। हम तर्क करेंगे, हम बुद्धि का विकास करेंगे। ऐसे सारे लोग बहुत विचार करते हैं, और फिर धीरे-धीरे विचार से पकड़ जाते हैं और विचार में ही समाप्त हो जाते हैं। विश्वास करनेवाला भी समाप्त हो जाता है, क्योंकि सीढ़ी पर नहीं चढ़ता, और सिर्फ विचार करनेवाला भी समाप्त हो जाता है, क्योंकि सीढ़ी पर ही रुक जाता है।

पूरब के मुल्कों ने पहला काम करके अपने को नष्ट कर लिया है–विश्वास करके। इसलिए पूरब में विज्ञान का जन्म नहीं हुआ। विज्ञान का जन्म न होना–पूरब की हत्या हो गई। कोई साइंस विकसित न हो सकी, क्योंकि विचार के बिना विज्ञान कैसे पैदा होगा? जब हम सोचेंगे ही नहीं, तो जीवन के तथ्यों का उद्‌घाटन कैसे होगा? पूरब ने कहा कि विचार में तो आदमी कैद हो जाता है, इसलिए हमें विचार नहीं करना है। और विचार नहीं करने के कारण पूरब कैद हो गया–विश्वास में, अंधी श्रद्धा में, सुपरस्टीनशन में। जो लोग भी पूरब में पैदा हुआ, वे चाहे ऊपर-ऊपर कितना ही विचार करने लगे, भीतर उनके अंधविश्वास मौजूद रहता है।

मैं अभी एक डाक्टर के घर मेहमान था कलकत्ते में। सांझ निकलता हूं, वे मुझे लेकर किसी मित्र के यहां जाते हैं, और उनकी लड़की को छींक आ गयी। और वे डाक्टर मुझसे कहते हैं, रुक जाइए, दो मिनट रुक जाइये।' मैंने उनसे कहा, 'तुम्हारी लड़की को छींक आना और मेरे रुकने का क्या संबंध हो सकता है? तीन काल में कोई भी संबंध नहीं है। और तुम्हारी लड़की की छींक से अगर मुझे रुकना पड़े तो सबको रुकना पड़ेगा, क्योंकि छींक तो आ गयी! कुछ भी नहीं रुकेगा। और तुम तो भलीभांति जानते हो–तुम डाक्टर हो, कि छींक क्यों आती है! वे बोले, 'वह मैं सब जानता हूं, लेकिन दो क्षण रुक जाने में हर्ज क्या है?

वह भीतर से पूरब का आदमी बोल रहा है, जो विश्वास करता है। वे पश्चिम की शिक्षा लेकर लौट रहे हैं। यूरोप में सात वर्ष रहे हैं, लेकिन

वह सारी शिक्षा ऊपर रह गई। भीतर जो पूरब का आदमी है, जो कहता है : विचार नहीं करना चाहिए, वह मौजूद है। वह नहीं छोड़ रहा है पीछा। वह मौजूद रहेगा।

हमारा श्रेष्ठ से श्रेष्ठ विचारक भी विचारक नहीं है। कहीं न कहीं थोड़ी गहराई में जाने पर पता चलेगा कि अंधविश्वास शुरू हो गया। थोड़ी-बहुत देर तक तड़फड़ाएगा, फिर आखिर में कहेगा कि विश्वास ही ठीक है। विचार करने से क्या फायदा है? और हमें इस तरह की बातें बहुत अपील करती हैं।

गांधी जी हमारे बीच थे। वे हमेशा यह कहते थे कि मेरी अंतर्वाणी कह रही है कि यही सच है। अब यह विचार करने से बचने की तरकीब है। आपकी अंतर्वाणी कह रही है कि सच है, और दूसरे की अंतर्वाणी कह रही है कि यह सच नहीं है। फिर कैसे तय होगा? हिंदुस्तान में चालीस करोड़ लोग हैं। हर एक की अंतर्वाणी कह सकती है कि सत्य कुछ और है। जिन्ना की अंतर्वाणी कुछ दूसरी बात कहती है, और जिन्ना भी मानता है कि ईश्वर ही बोल रहा है मेरे भीतर। और गांधी की अंतर्वाणी दूसरी बात कहती है; और गोडसे की अंतर्वाणी तीसरी बात कहती है, किसकी अंतर्वाणी सच है?

विचार किए बिना तय नहीं हो सकता। लेकिन जितने लोग भी अंधश्रद्धा को भीतर पकड़े बैठे हैं, वे कहेंगे : 'नहीं ; इस पर विचार करने की जरूरत नहीं है; यह ईश्वर की आवाज है। हमें जो मालूम हो रहा है, वह बिलकुल ठीक है। विश्वास करनेवाला विचार करने को राजी नहीं है। सिर्फ घोषणा करता है कि यही ठीक है।

मैंने सुना है, बगदाद में एक बार ऐसा हुआ कि एक आदमी ने आकर घोषणा कर दी कि मैं पैंगबर हूं। बगदाद के खलीफा ने उसे पकड़ लिया और कहा कि यह आदमी पागल है, क्योंकि मुहम्मद अंतिम पैगंबर है; अब उनके बाद कोई पैगंबर नहीं होगा। अब जरूरत भी नहीं है। जब मुहम्मद ने सब बातें भगवान की खोल ही दीं, तब किसी और दूसरे आदमी को पैगंबर होने की क्या आवश्यकता है?

उस आदमी को पकड़कर कैद में डाल दिया। उसे कोड़े मारे गए, हाथ में जंजीरें डाल दीं। पंद्रह दिन बाद बगदाद का खलीफा उससे मिलने गया और कहा कि 'अगर दिमाग ठीक हो गया हो, तो कह दो कि मैं एक साधारण आदमी हूं, अन्यथा पंद्रह दिन बाद मौत रास्ता देख रही है।

उस आदमी ने कहा, 'दिमाग! मजबूत हो गयी है यह बात कि मैं पैगंबर हूं; क्योंकि जब मैं भगवान के पास से चलने लगा, तो उन्होंने कहा कि ध्यान रखना मित्र, पैगंबरों पर बड़ी मुसीबतें आती हैं। तुम्हारी मुसीबतों से सिद्ध हो गया कि मैं पैगंबर हूं। यह तो सदा से होता आया है कि जब भी भगवान के दूत पृथ्वी पर आते हैं, तो हथकड़ियां डाली जाती हैं और कोड़े मारे जाते हैं। और अगर तुमने मुझे फांसी दे दी, तो उससे बिलकुल पक्का ही हो जाएगा; तब तो सिद्ध हो जाएगा कि मैं पैगंबर हूं।

खलीफा बहुत हैरान हुआ। वह चौंककर सुनने लगा। तभी पीछे सीकचों में बंद एक दूसरा आदमी चिल्लाया कि 'यह आदमी गलत बोल

रहा है, खलीफा!' वह भी बंद था। उसके हाथों में भी जंजीरें थीं। वह छह महीने पहले पकड़ा गया था। उस आदमी ने चिल्लाया कि 'पैगंबर जो कह रहा है अपने को, बिलकुल झूठ बोल रहा है–सरासर झूठ, क्योंकि मैंने मुहम्मद के बाद किसी को पैगंबर बनाकर भेजा ही नहीं।

वे छह महीने पहले पकड़े गए थे। उनको खुद ईश्वर होने का खयाल था! वे खुद ईश्वर ही थे।... 'यह आदमी गलत कहता है। मैंने तो मुहम्मद के बाद किसी को पैगंबर बनाया नहीं।

अब कौन तय करेगा इन अंतर्वाणियों को कि ये आदमी पागल हैं!

जिंदगी विचार से चलती है। विचार कसौटी है। इसलिए पश्चिमी के लोगों ने विश्वास को तोड़ दिया कि उसका कोई अर्थ नहीं है। वह जकड़ लेता है। विचार को। विचार से विज्ञान पैदा हुआ। विचार से तर्क हुआ। विचार से सारी अंध-श्रद्धाएं टूट गयीं पश्चिम की। लेकिन अद्‌भुत घटना घट गयी कि जितना विश्वास में आदमी बंधा था, उतना ही। विचार में बंध गया। बंधन बदल गये। बंधन खत्म नहीं हुए। कड़ियां बदल गईं। अंधविश्वास की जंजीरों की जगह विचार की जंजीरें आ गयी।

पश्चिम ने विश्वास छोड़ दिया, तो विज्ञान पैदा हुआ। पूरब के मुल्क मर गये इसलिए कि विज्ञान पैदा नहीं कर पाये, और पश्चिम के मुल्क मरने के करीब पहुंच गये हैं, क्योंकि विज्ञान बहुत पैदा हो गया। पश्चिम मरेगा विज्ञान की अति से, पूरब मरा विज्ञान के अभाव से। पूरब मरा विश्वास से, पश्चिम मर जायेगा विचार से।

क्या कोई तीसरा रास्ता नहीं है? मनुष्य का भविष्य सिर्फ तीसरे रास्ते पर है। पूरब भी असफल हो गया है–पश्चिम भी। विश्वास भी असफल हो गया है, विचार भी। धर्म भी असफल हो गया है विज्ञान भी। क्या कोई तीसरा रास्ता है?

दो महायुद्धों ने बता दिया है कि विज्ञान बुरी तरह असफल हो गया है। उसने ऐसी जगह लाकर छोड़ दिया है, जहां आदमी को मरने के सिवाय कोई उपाय नहीं सूझता। हिरोशिमा और नागासाकी ने खबर दे दी कि विज्ञान असफल हो गया। अकेला विज्ञान काफी नहीं है। और हिंदुस्तान के दरिद्र और गुलाम लोगों ने खबर दे दी बहुत पहले कि अकेला धर्म काफी नहीं है। धर्म असफल हो चुका है।

लेकिन क्या यह नहीं हो सकता कि एक सीमा पर विचार हो और एक सीमा पर विचार छोड़ दिया जाए? यह हो सकता है यह जो थर्ड आल्टरनेटिव, जिसको मैं कहता हूं, 'तीसरा विकल्प' वह विश्वास और विचार में चुनाव नहीं करता। वह कहता है, विचार एक सीढ़ी है और निर्विचार भी एक सीढ़ी है। विचार से चढ़ना है और एक जगह जाकर विचार छोड़ देना है। और जो आदमी इस कला को नहीं सीख लेता, उस आदमी को जीवन की गहराइयों और ऊंचाइयों का कोई भी पता नहीं चलता है।

अगर तुम एक गुलाब के फूल के पास जाओ और विचार ही न करो, तो तुम्हें गुलाब के फूल का कोई पता नहीं चलेगा। तुम उसके पास से ऐसे निकल जाओगे, जैसे फूल था ही नहीं। क्योंकि आदमी को

सिर्फ उसी का पता चलता है, जिसका वह विचार करता है। फूल का होना ही पता नहीं चलेगा। हमें तो पता वही चलता है, जो हमारे भीतर विचार बन जाता है। विचार बनता है, इसलिए पता चलता है। अगर फूल का हमारे मन में कोई विचार न बने, तो हमें फूल का कोई पता न चलेगा।

बहुत से लोग फूल के पास से ऐसे ही गुजर जाते हैं, उन्हें फूल का पता नहीं चलता। फूल का विचार ही उनके भीतर निर्मित नहीं होता। जैसे फूल नहीं था–वे ऐसे ही गुजर जाते हैं। हजारों लोग–हममें से भी हजारों ऐसे लोग हैं, जिन्हें रात आकाश में चांद-तारे हैं या नहीं, इसका कोई पता नहीं चलता। हम ऐसे ही गुजर जाते हैं। लेकिन कुछ लोगों को पता चलता है। कुछ लोगों को फूल एकदम पकड़ लेता है–उनके प्राणों को। वे क्षणभर के लिए रुक जाते हैं। फूल का विचार उनके प्राणों पर छा जाता है।

और जो विचार प्राणों पर छा जाता है, प्राण उसी विचार के आनंद को अनुभव कर लेते हैं अगर फूल का विचार किसी के प्राणों को पकड़ ले, तो फूल में जो भी रस है, फूल में जो भी सुगंध है, फूल में जो भी सौंदर्य है, वह हमारी आत्मा का हिस्सा हो जाता है। क्योंकि विचार से हम जुड़ जाते हैं, कम्यूनिकेशंस शुरू हो जाते हैं।

लेकिन जो लोग फूल का विचार करने पर ही रुक जाते हैं, वे भी फूल के पूरे प्राणों को नहीं जान पाते। क्योंकि फूल के संबंध में विचार क्या करियेगा। जो पहले पढ़ा है, सुना है, कविता में सुना है, गीत में

सुना है, और लोगों ने कहा है, खुद के अनुभव से आया है—वही सब विचार है। फौरन आदमी कहता है : 'गुलाब का फूल बहुत सुंदर है।' सुंदर, गुलाब का फूल सुंदर बहुत दफा कहा जा चुका है। 'बहुत सुंदर है,' वह भी बहुत बार कहा जा चुका है। इन शब्दों के कारण पिछले गुलाब के फूल बीच में आ गये। सौंदर्य की धारणा बीच में आ गयी और जो फूल था, वह उस तरफ रह गया, बीच में एक ट्रांसपेरेंट दीवाल हो गये, विचार की एक दीवाल बन गयी। यह आदमी ने जैसे ही कहा कि बहुत सुंदर है—यह कहेगा कैसे बहुत सुंदर है—पुराने अनुभव काम करने लगे। इसने पहले भी फूल जाना था, सुंदर लगा था। सुना है, किताब में पढ़ा है, यह कहने लगा। विचार बीच में आ गया। और जब विचार बीच में आ जाता है, तो अनुभव बीच में आ गया। और जो बीच में आ गया उसके पार फूल है। वह, है जो है। यह फूल पहले कभी नहीं देखा था इसने, यह फूल एकदम यूनिक है। क्योंकि दो फूल एक जैसे नहीं होते हैं। इसने जो फूल देखे, वे दूसरे फूल थे। और उनकी स्मृति, उनकी मेमोरी अगर बीच में आ जाए...।

और शायद आपको पता न हो, स्मृति बड़ी तीव्रता से बीच में आती है। बहुत तीव्रता से बीच में खड़ी हो जाती है।

एक आदमी कल आपको मिला...। फूल के संबंध में समझना थोड़ा कठिन हो सकता है...। एक आदमी कल आपको मिला और गाली दे गया। आज वह आदमी क्षमा मांगने आपके पास आया है। लेकिन द्वार पर खड़े देखकर आपकी आंखों में कल वाला आदमी खड़ा हो जाएगा,

जो गाली दे गया था। बीच में एक प्रतिमा, एक इमेज खड़ी हो जाएगी उस आदमी की, जो गाली दे गया है। उसी इमेज से आप इस आदमी को देखेंगे। जो क्षमा मांगने आया, वह बिलकुल दूसरा आदमी है क्योंकि गाली देनेवाला और क्षमा मांगनेवाला, एक ही आदमी नहीं हो सकता। यह कोई और हो गया है। यह रातभर रोया और आंसू बहाया है। लेकिन आपको इसकी फूली हुई आंखें देखकर खयाल में आएगा कि शायद क्रोध से भरकर आया है, गालियों की तैयारी किए हुए है। वह जो कल देखा था, वही बीच में खड़ा हो गया। और तब शायद इसको देखने से आप वंचित रह जाएं। फिर परिचय नहीं हो सकेगा। बीच में एक दीवाल खड़ी हो गई।

विचार न हो, तो फूल नहीं देखा जा सकता। और विचार अटककर रह जाए, तो भी फूल नहीं देखा जा सकता। विचार होना चाहिए और छूट जाना चाहिए। जब विचार भी छूट जाता है, सिर्फ फूल रह जाता है और आप रह जाते हैं, बीच में कुछ भी नहीं रह जाता, तब फूल की आत्मा और आपकी आत्मा का मिलन होता है। उसे बहुत थोड़े-से ही जान पाते हैं। जो जान पाते हैं, वे हैरान हो जाते हैं कि फूल में कितना छिपा था, जिसका कभी कोई पता नहीं चला। यह नहीं पता चलेगा। जीवन में इतना ही बहुत कुछ छिपा है। एक-एक आदमी में भी, एक-एक आंख में भी इतना ही बहुत कुछ छिपा है। लेकिन, या तो हम विचार नहीं करते, या विचार ही करते रह जाते हैं और भूल हो जाती है।

आनेवाले भविष्य में मनुष्य के शिक्षण की चाहे कोई भी दिशा हो–चाहे कोई मेडिकल कालेज में पढ़ता हो, चाहे कोई इंजीनियरिंग कालेज में पढ़ता हो, चाहे कोई आर्ट्स कालेज में पढ़ता हो, चाहे कोई कुछ भी पढ़ता हो–दो बातें सिखाई जानी चाहिए : विचार करना और निर्विचार हो जाना। अगर अकेला विचार करना सिखाया, तो आदमी परेशान, अशांत, चिंतित, दुखी, एंग्जाइटि से भरा हुआ हो जायेगा। जैसा कि होता चला जा रहा है।

बर्ट्रेंड रसेल कुछ दिनों के लिए एक आदिवासी गांव में जाकर रहा। नब्बे साल के बूढ़े आदमी ने, उसने नब्बे साल की उम्र में यह कहा कि मैंने तो जिंदगी गंवा दी। न मैं उनकी तरह नाचा, न मैं उनकी तरह प्रेम किया, न मैं उनकी तरह खुश हुआ। मैंने तो कुछ भी नहीं किया। मैं सिर्फ विचार करता रहा, लाइब्रेरी में बैठकर किताबें पढ़ता रहा और विचार करता रहा और जिंदगी चूक गयी। जिंदगी जीने से पता चलती है, विचार करने से तो पता चलेगी। विचार की कैप्सूल में जो बंद हो गया, उसकी जिंदगी एक तरफ से निकल जायेगी, वह अपने विचार में बैठा रह जायेगा।

विचार करनेवालों को आप देखें, उनके चारों तरफ एक दीवाल है, जो उन्हें दिखाई नहीं पड़ रही है। जिंदगी किनारे से गुजरती चली जायेगी, वे अपने विचार में बंद बैठे हुए हैं! आप भी रास्ते से गुजर रहे हैं। आपके भीतर एक विचार चल रहा है, फिर आपको रास्ता दिखाई नहीं पड़ता है। विचार भीतर पकड़ लेता है, द्वार सब बंद हो जाते हैं।

एक युवक खेलता हो खेल के मैदान पर। पैर में चोट लग गयी हो। खून बह रहा हो। लेकिन जब तक खेल है, तब तक पता नहीं चलता। क्योंकि तब तक खेलने का विचार इतने जोर से मन को पकड़े है कि पैर के बहते हुए खून का भी बोध नहीं हो सकता है। बीच में एक दीवाल खड़ी है। अपने ही पैर से खून बह रहा है, उसका भी पता नहीं चलता। खेल बंद हुआ और एकदम से दीवाल टूट गयी और भी उसे पता चलता है कि पैर से खून बह रहा है। न मालूम कितनी देर से बह रहा है! लेकिन दर्द इतनी देर पहले तक क्यों पता नहीं चला? दर्द पता चलता, अगर विचार की खोल बीच में न होती। वह एनकैप्सूल्ड था, माइंड बंद था, क्लोज था। एक विचार के दौरे में दौड़ रहा है, इसलिए बाहर क्या हो रहा है, पता नहीं चल रहा है।

और हम चौबीस घंटे विचार में बंद हैं, इसलिए जिंदगी के राज, जिंदगी की मिस्ट्री हमें कुछ भी पता नहीं चलती। हम अपने विचार के भीतर ही जिंदगीभर जी लेते हैं।

जैसे मैंने उस पक्षी के लिए बताया कि वह बंद है अपनी दीवाल में और जी रहा है। उसे पता भी नहीं कि एक आकाश है।

विचार के बाहर भी एक आकाश है और बहुत बड़ा आकाश है। यह अगर खयाल में आ सके, और शिक्षा ऐसी हो सके कि हम विचार करना भी सिखाएं और निर्विचार हो जाना भी सिखाएं...। आदमी अगर चौबीस घंटे में आठ घंटे सोये, आठ घंटे विचार करे, काम करे–तो आठ घंटे के लिए निर्विचार भी हो जाये। आठ घंटे के लिए छोड़ ही दे विचार

करना। हम कहेंगे, ये तो दोनों उल्टी बातें हैं! यह तो ठीक बात नहीं है। अगर हम विचार करेंगे तो विचार ही करेंगे, अगर विचार छोड़ेंगे तो बिलकुल छोड़ देंगे। जैसे हिंदुस्तान के साधु-संन्यासी सब छोड़कर भाग जाते हैं। वे कहते हैं कि हमने सब छोड़ दिया है। वह एक गलती है। पश्चिम के लोग कहते हैं, हम तो विचार ही करेंगे, रात हम सोयेंगे भी नहीं। सोते भी नहीं, बिना दवा लिए नहीं सो सकते हैं। न्यूयार्क में तीस प्रतिशत लोग दवा लेकर सो रहे हैं। तीस प्रतिशत बड़ी संख्या है। लेकिन वहां के मनौवैज्ञानिक कहते हैं कि सौ साल के भीतर न्यूयार्क में एक भी आदमी बिना टैंक्वेलाइजर के नहीं सो सकेगा। दवा लेनी ही पड़ेगी।

और अभी महर्षि महेश योगी जैसे लोगों का पश्चिम में जो प्रभाव पड़ता है, उस प्रभाव का धर्म से कोई संबंध नहीं है। उसका कुल संबंध इतना है कि जिन लोगों को नींद नहीं आती, उनको किसी ट्रिक से नींद आ जाये, काम पूरा हो जाये। बस नींद आ जाये। और इसलिए पश्चिम में महर्षि महेश योगी का जो ट्रांसेन्डेंटल मेडिटेशन जिसको वे कहते हैं, उसको पश्चिम के लोग क्या कहते हैं। वे कहते हैं–नान मेडिसिनल टैंक्वेलाइजर–बिना दवा के नींद लेने की दवा। बस नींद आ जाए काफी है।

पश्चिम परेशान है, नींद खो गई है। क्योंकि अगर सोलह घंटे तेजी से विचार किया है, तो मस्तिष्क के सारे स्नायु, पूरी की पूरी सिस्टम खिंच गयी है। अब रात को वह एकदम से रिलैक्स नहीं होती है। वह एकदम तनी रह जाती है। वह रात को भी तनी है। आप सोने की कोशिश कर

रहे हो, लेकिन मस्तिष्क जोर से काम कर रहा है। वह इतने जोर से काम कर रहा है कि नींद आनी असंभव है, रातभर नींद से लड़ेंगे—और जितना आप लड़ेंगे, उतनी ही आना असंभव है; क्योंकि लड़ना और नींद उल्टी बातें हैं। अगर सोना हो तो कभी सोने की कोशिश मत करना; क्योंकि कोशिश की तो फिर कभी नहीं सो सकोगे। क्योंकि कोशिश, एफर्ट—तनाव है। और नींद है—नो टेंशन की दशा, तनावरहित।

तो जितनी कोशिश करेगा एक आदमी—राम-राम जपेगा, माला फेरेगा, उठकर चक्कर लगायेगा, हाथ-पैर धोयेगा, सिर पर पानी डालेगा, गर्म बाथ लेगा—उतनी ही नींद मुश्किल होती चली जायेगी। क्योंकि जितनी वह यह कोशिश करेगा, मस्तिष्क उतना काम करेगा; जितना मस्तिष्क काम करेगा, उतनी नींद असंभव हो जाएगी।

पश्चिम के लोगों ने विचार को इस हालत में पहुंचा दिया है कि पश्चिम पागल होने के कगार पर खड़ा हुआ है। और ठीक समझा जाये तो कोई अस्सी प्रतिशत लोग न्यूयार्क जैसे बड़े नगरों में मानसिक रूप से स्वस्थ नहीं कहे जा सकते। इसलिए अब तुममें जो लोग भी डाक्टर बनने की कोशिश कर रहे हैं; शरीर के डाक्टर बनने की फिक्र बहुत मत करना। आनेवाली दुनिया पागलों की दुनिया होनेवाली है। उसमें अधिक तो मन के डाक्टर होंगे; उनके प्रोफेशन के चलने की उम्मीद है। शरीर-वरीर से बहुत उम्मीद नहीं है आगे।

तो आज पश्चिम में, खासकर अमरीका में, जहां कि विचार तीव्रतम हो गया है, वहां आज सबसे अच्छा प्रोफेशन साइकिआट्रिस्ट का,

मानसिक चिकित्सा का है। हर दस-पांच घर के बाद तख्ती लगी मिले जायेगी कि यहां मनोचिकित्सक रहते हैं। और मनोचिकित्सा बहुत महंगी है। तीन-तीन साल लग जाते हैं एक-एक आदमी को, ठीक होने में नहीं, डाक्टर बदलने में! ठीक-वीक कोई नहीं होता!

यह जो विचार की अत्यंत, तीव्रतम टेंशन की दशा है, यह पूरे पश्चिम को पागल किए दे रही है। जो लोग जानते हैं, वे कहते हैं—पश्चिम एक मैड हाउस हो गया है। वहां कोई आदमी होश में नहीं मालूम होता है, सब पागल हालत में मालूम पड़ते हैं। हर आदमी भाग रहा है, दौड़ रहा है। इतनी तेजी से भाग रहा है कि फिर एक क्षण को बैठ नहीं सकता। हमारी हालत भी यह होती चली जा रही है। एक आदमी को कुर्सी पर बैठे देखिए, टांगें हिला रहा है बैठकर! यह बैठे-बैठे भी भागने की तरकीबें कर रहा है। अब बैठ गये हैं तो बैठ जाइये। लेकिन बैठने की कहां फुर्सत है! भीतर तो मन भाग रहा है, इसलिए पैर चल रहे हैं।

आदमी को रास्ते से गुजरते देखिए—गौर से देखिए किसी आदमी को। हालांकि फुर्सत कहां है! हर आदमी अपने में उलझा है, दूसरे को कैसे गौर से देखेगा! मैं आपसे कहता हूं, एक पति अपनी पत्नी के साथ बीस साल रह लेता है और गौर से नहीं देखता है कि यह और है कौन? बीस साल उसके साथ रहेगा, सोयेगा, बच्चे पैदा करेगा और उसने कभी भी गौर से नहीं देखा है कि यह औरत है कौन! हां, पहली दफे देखा होगा, फर्स्ट, जब आई थी, बस खत्म हो गई वह बात, उसके बाद कभी नहीं देखा। एक दफे देख लिया, मामला खत्म है।

कोई को किसी को देखने की फुर्सत कहां है, लेकिन कभी रास्ते के किनारे खड़े होकर जरा दस-पच्चीस गुजरते हुए राहगीरों को देखिये, तो पता चलेगा कि उन्हें रास्ता दिखाई नहीं पड़ रहा होगा। कोई अपने होंठ हिलाता हुआ बातें करता चला जा रहा है; कोई हाथ से इशारे कर रहा है। किसके लिए इशारे कर रहा है। वहां कोई भी नहीं है, वह अकेला चला जा रहा है। लेकिन कोई है उसके माइंड में, जिससे वह इशारे कर रहा है, बातें कर रहा है।

यह आदमी अपने में बंद चला जा रहा है। इसको कोई पता नहीं है कि बाहर की दुनिया में क्या हो रहा है। दुनिया में जो पढ़ते हुए सड़कों पर एक्सिडेंट हैं, उनका कारण मोटर-कारों की रफ्तार नहीं है। उनका कारण अपने-अपने कैप्सूल में बंद लोग हैं, जिन्हें रास्ता दिखाई पड़ते हुए भी दिखाई नहीं पड़ रहा है। भागे जा रहे हैं! उनके भीतर एक रफ्तार चल रही है, वे उसमें उलझे हुए हैं। स्टियरिंग पर उनका हाथ है, लेकिन मस्तिष्क उनका स्टियरिंग पर नहीं है, वह कहीं और है। वह कहीं और लगा हुआ है यह बिलकुल भगवान के भरोसे भागी जा रही है। गाड़ी। यह किस जगह टकरा जाएगी, क्योंकि दूसरी तरफ भी इसी तरह के अपने-अपने में बंद लोग भागे चले जा रहे हैं। इसका कोई भरोसा नहीं है कि कहां टकरा जायेगी।

एक्सिडेंट रोज बढ़ते चले जाते हैं और एक्सिडेंट का कारण मूलतः साइकोलाजिकल है। कोई कारण दूसरा नहीं है। लेकिन यह तो पश्चिम ने सारा उपद्रव खड़ा कर लिया है... ! अब उन्होंने इतने खतरनाक अस्त्र

इकट्ठे कर लिए हैं कि एक राजनीतिक को रात में नींद न आए और वह एक बटन दबा दे, तो सारी दुनिया को खत्म कर दे। और राजनीतिक वैसे ही आधे पागल होते हैं, उनका कोई भरोसा नहीं है। कभी भी कोई बटन दबा सकते हैं।

तुम्हें पता होना चाहिए कि रूस और अमरीका में जहां उन्होंने सुपर बम का जो इंतजाम किया है, एक-एक बम के उपयोग के, एक-एक मिसाइल के उपयोग के लिए तीन-तीन चाभियों का इंतजाम कर रहे हैं, कि तीन आदमी जब तक चाभी न लगाएं—क्योंकि एक आदमी का कोई भरोसा नहीं है कि कौन आदमी गुस्से में आ जाए और चाभी लगा दे। अपनी पत्नी से लड़कर आ जाये और फिर कहे, खत्म करो इस दुनिया को। हालांकि इसकी भी बहुत कठिनाई नहीं है कि तीन आदमी इकट्ठे अपनी पत्नियों से लड़कर आ जाएं—यह कठिनाई नहीं है; क्योंकि पत्नियों के सिवाय लड़ने के दूसरा कोई काम होता ही नहीं।

यह जो माइंड है, जिसने इतना साधन-इंतजाम कर लिया है कि सारी दुनिया में आज इसी क्षण आग लग जाए, अभी सब नष्ट हो जाए, वह एक ऐसे आदमी के हाथ में है जो बिलकुल नर्वस है। किसी को कुछ समझ में नहीं आ रहा है कि वह क्या कर रहा है, क्या नहीं कर रहा है।

पश्चिम ने विचार को अति मानकर खतरे पैदा कर लिये हैं, इसलिए वहां का आदमी पागल हो गया है। पूरब ने विचार ही नहीं किया, इसलिए आदमी आदमी ही नहीं हो पाया। वह आदमी के पहले रह गया। हमारी स्थिति आदिम है। हम विकसित नहीं हो पाए। और अब

जब पश्चिम में इतना तनाव दिखाई पड़ता है, तो हमारे साधु-संन्यासी लोगों को समझाते हैं कि देखो धर्म को छोड़कर वे लोग कितनी दिक्कत में पड़े हैं। तुम बड़े मजे में हो। अगर कुत्ते-बिल्लियों में कोई पुरोहित होते होंगे, तो कुत्ते-बिल्लियों को समझाते होंगे कि देखो, आदमी कितनी मुसीबत में हैं, तुम बड़े मजे में हो। न हार्ट-डिज़ीज, न कैंसर, कुछ भी नहीं—मजे में हो तुम! यह आदमी कितनी दिक्कत में पड़ा है।

यह बात सच है कि पश्चिम दिक्कत में पड़ा है, लेकिन पश्चिम हमसे आगे पहुंच गया है उसने सीढ़ी पर कदम रखा है, हालांकि वह सीढ़ी से उतरने को राजी नहीं हो रहा है। यह उसकी कठिनाई है।

हम सीढ़ियों के नीचे ही खड़े हैं। पश्चिम किसी भी दिन सीढ़ी से नीचे उतर जायेगा और वहां ह्यूमैनिटी एक नए युग में प्रवेश कर जायेगी। और हम सीढ़ियों के नीचे खड़े हैं। वहां से कहीं जाने का रास्ता नहीं है। पहले सीढ़ियां चढ़नी पड़ेगी और फिर छोड़ना पड़ेगा। और हम उनको परेशान देखकर कहते हैं कि हमें चढ़ने की जरूरत क्या है? जब ये ही सीढ़ियों पर पहुंचकर सुख में नहीं हैं, तो हम नीचे ही मजे में हैं। फायदा ही क्या है? कि हम टेक्नालाजी का विचार करें, विचार का विकास करें। जो लोग कर रहे हैं विकास, उनकी हालत बुरी है। तो हम नीचे ही मजे में हैं।

लेकिन यह बात गलत है। वे तनाव की किसी भी स्थिति में तकलीफ में तो पड़े हैं, क्योंकि छोड़ नहीं रहे हैं। तकलीफ में पड़ने की वजह से नहीं पड़ गए हैं। नहीं छोड़ पा रहे हैं, इसलिए तकलीफ में पड़

गए हैं। किसी भी दिन वे छोड़ सकते हैं। और इसमें मुझे दिखाई पड़ता है कि मनुष्य-जाति का जो आनेवाला चरण है वह पश्चिम में रखा जायेगा, पूरब में नहीं। यह दुखद है बात। वह जो मनुष्यता का भविष्य है, वह पश्चिम के हाथ में चला गया है, वह हमारे हाथ में नहीं है। हम दौड़ के बाहर पड़ गए हैं, और हम खुश हो रहे हैं, और हमारे मंदबुद्धि साधु-संन्यासी लोगों को समझा रहे हैं कि बड़े मजे की बात है; देखों हम कितने आनंद में हैं; हम रोज रात सो जाते हैं, दवा लेने की जरूरत नहीं पड़ती।

यह बात ठीक है। किसी जानवर को दवा लेने की जरूरत नहीं पड़ती सोने के लिए। लेकिन यह कोई गौरव की बात नहीं है। वे हमसे हायर स्टेज पर खड़े हो गये हैं। वे उस सीढ़ी पर खड़े हो गये हैं, जहां से, जिस दिन भी उन्होंने अगला कदम उठा लिया, एक नई वेव का जन्म हो जाएगा, हम बिलकुल पिछड़ जाएंगे।

शायद आपको सबको अंदाज है कि हमारा यह जो सौर परिवार है–चांद-सितारों का, सूरज का–इसको बने कोई सात आठ अरब वर्ष हुए। सूरज को बने कोई पांच अरब वर्ष हुए अंदाजन। क्योंकि इस तरह के दुनिया में सिर्फ अंदाज ही काम कर सकते हैं, कोई निश्चित तो हो नहीं सकता। जमीन को बने कोई चार अरब वर्ष हुए। आदमी को जन्म कोई दस लाख वर्ष हुए। और आदमी की सभ्यता को बने कोई दस हजार वर्ष हुए। दस लाख वर्ष पहले आदमी चार हाथ-पैर से चलता रहा होगा। और आज भी अगर बच्चे को न सिखाया जाए, तो बच्चा शायद

ही अपने-आप दो पैरों से चलना शुरू करे; वह चार से ही चलता रहेगा। आज भी अगर बच्चे को न सिखाया जाए, तो वह चार हाथ-पैर से ही चलता हुआ बड़ा हो जाएगा। उसे पता ही नहीं हो सकता है कि दो पैर से चला जा सकता है।

और ऐसा हुआ है। अभी बंगाल में कुछ वर्ष पहले दो बच्चियां पकड़ी गयीं, जिन्हें भेड़ियों ने पाला। आठ-दस साल की बच्चियों को भेड़ियों से छीनकर लाया गया। उनको सीधे खड़ा करना मुश्किल हो गया। वे चार हाथ-पैर से चलती थीं। अभी उत्तर प्रदेश में दो वर्ष पहले एक लड़का पकड़ा गया था चौदह साल का–राम। चौदह साल का लड़का, लेकिन खड़ा नहीं हो सकता था। उसकी रीढ़ तो मजबूत हो गई थी। वह तो हाथ-पैर से ही चलता था चारों से। और इतनी तेजी से भागता था कि कोई आदमी क्या दौड़ सकता है। उसके मुकाबले में ! उसको सिखाने में छह महीने लग गए। बहुत मसाज और मालिश उसकी रीढ़ की हुई, तब कहीं वह बामुश्किल... लेकिन तब भी तब वह कोशिश करके खड़ा रहे थोड़ी-बहुत देर तो खड़ा रह सकता था, लेकिन जैसे ही भूल जाए, वह फिर चार हाथ-पैर से चलना शुरू कर देता था।

दस लाख वर्ष पहले आदिम पुरुषों में से–जो वृक्षों पर चारों हाथ -पैर से चलते रहे होंगे–कोई एक इन्वेन्टिव माइंड, कोई एक आविष्कार चित्तवाला नीचे उतरकर दो पैर से खड़ा हुआ होगा। निश्चित ही जो दो पैर से खड़ा हुआ होगा, उसकी जिंदगी में तनावे आ गये होंगे–बजाय उनके जो चारों से चल रहे थे। क्योंकि उसने पुरानी आदत–सारे शरीर

की, सारे मन की–तोड़ी थी। उन बंदरों ने जो वृक्षों पर छलांग लगा रहे होंगे, उन्होंने कहा होगा, ‘यह देखो पागल, अपने हाथ से मुसीबत में पड़ रहा है। कभी सुना है किसी को दो पैर से चलते हुए! कहीं लिखा है किसी पुराण में! कभी बाप-दादों से सुना है कि कोई दो पैर से चलता है! सदा सब लोग चार पैर से चलते रहे हैं। इसका दिमाग खराब हो गया है।’

हो सकता है, बाकी बंदरों ने मिलकर उसकी गर्दन दबा दी हो, जैसा कि जीसस की और दूसरों की हम गर्दन दबाकर मार डालते हैं।

लेकिन उसे, जो दो पैर से खड़ा हो गया था, उसे बड़ी तकलीफ हुई होगी। क्योंकि दो पैर से खड़ा होना इतना अनूठा था, उसके मस्तिष्क को बहुत जोर पड़ा होगा, बहुत बेचैनी हुई होगी। लेकिन दो पैर से खड़े हो जानेवाले पहले बंदर ने सारी मनुष्य-जाति की नयी रेस को जन्म दे दिया। सैकड़ों वर्षों तक दो पैर से जो चले होंगे, वे चार पैर से चलने वालों से हमेशा तकलीफ में रहे होंगे, क्योंकि चार पैरवाले, नैसर्गिक चल रहे थे। लेकिन आज हममें और बंदरों में इतना फासला है कि कोई मानने को राजी नहीं होता। चाहे डार्विन कितना ही कहे, कोई मानने को राजी नहीं होता कि ये हमारे पुरखे हैं, हमारे पिता हैं। इतना फासला पड़ गया है।

आज पश्चिम फिर तकलीफ में पड़ा है। और यह तकलीफ शारीरिक नहीं है, बंदरों की तकलीफ शारीरिक रही होगी, यह तकलीफ मानसिक है। माइंड एक जगह पहुंच गया है, एक ट्रांसपेरेंट दीवाल के

पास, जहां वह जोर से धक्के मारकर तोड़ने की कोशिश कर रहा है दीवाल को। तोड़ने की जो कोशिश कर रहा है, उसका सिर भी टकरा रहा है, खून भी बह रहा है, नींद भी हराम हो रही है, तकलीफ भी हो रही है। लेकिन दीवाल उसे मालूम हो रहे हो? क्यों परेशान हुए जा रहे हो? हम बड़े मजे में हैं, हमारी तरफ देखो। हम कुछ भी नहीं कर रहे हैं। तुम क्यों परेशान हो रहे हो? लौट आओ वापस!

अगर पश्चिम वापस लौट आया, तो मनुष्य-जाति का एक अद्‌भुत मौका खो जाएगा। इसलिए मेरी तो समझ है कि पूरब के लोगों को, साधु-संन्यासियों को, पश्चिम में बिलकुल ही वर्जित होना चाहिए, कि प्रवेश नहीं कर सकते। ये नुकसान पहुंचाएंगे वहां की कौम को। वहां जो हालत पैदा हो गई है, वह बहुत अद्‌भुत है। वे उस जगह खड़े हैं, जहां से मनुष्य के नए रूप का आविर्भाव हो सकता है। ये अगर सिर को टकराये ही चले गए, बहुत लोग पागल हो जायेंगे, बहुत लोग पतित हो जाएंगे।... बीटनिक, हिप्पी और बीटल्स–ये वे लोग हैं, जो सिर टकराने से इनकार कर दिये हैं। वे कहते हैं, हमें नहीं टकराना है। हम इस फिक्र को ही छोड़ते हैं।

लाखों बच्चे कह रहे हैं, हम पढ़ेंगे नहीं–यूरोप में। क्या फायदा है पढ़ने से? जो लोग पढ़-लिखकर खड़े हो गये हैं, उनको क्या मिल गया है? छोटे-छोटे बच्चे अपने बाप से पूछ रहे हैं कि आपको पढ़ने से क्या मिल गया है? हम नहीं पढ़ना चाहते। छोटे-छोटे, हाई स्कूल स्टेज के बच्चे कह रहे हैं कि हम शादी करेंगे, क्योंकि क्या पता नहीं कल जिंदगी,

युद्ध हो जाए, सब खत्म हो जाए। हमें शादी कर लेनी है। छोटे बच्चे गवर्नमेंट से यह कह रहे हैं कि हमें मैरिज एलाउंस दो, क्योंकि अभी हम कमा नहीं सकते। जब हम कमायेंगे, तब लौटा देंगे, लेकिन शादी हमें अभी करनी है। हम जीना चाहते हैं–हम नहीं पढ़ना चाहते, हम नहीं लिखना चाहते।

भाग रहे हैं लोग वहां से जहां सिर टकरा रहा है, लेकिन कुछ हिम्मतवर लोग वहां सिर लगाए हुए हैं। वे हिम्मतवर लोग पागल भी हो जाते हैं। नीत्शे पागल हो गया, लेकिन नीत्शे ने दुनिया के, मनुष्य-जाति के इतिहास में बार्डर लाईन पर फिक्र की। वहां, जहां कि आदमी कभी नहीं गया था। वहां जाने की कोशिश की और धक्का दिया दीवाल को तोड़ने का। दीवाल बहुत मजबूत है, लाखों साल की बनी हुई। उसका सिर फूट गया, वह पागल हो गया।

हो सकता है पश्चिम में सौ-दो सौ वर्षों में बहुत लोग पागल हों, लेकिन अगर एक आदमी भी उस दीवाल को तोड़कर बाहर निकल गया, तो जैसे एक बंदर दो पैर से खड़ा हो गया था, ऐसे ही एक नयी ह्यूमैनिटी, एक नए सुपर मैन का जन्म हो जाएगा। एक अति मानव का जन्म हो जाएगा। हम खड़े हुए तमाशबीन की तरह देखते रहेंगे–यहां खड़े हुए। और वहां बैठे राम-राम जपते रहेंगे और माला फेरते रहेंगे।

ये बेवकूफियां बहुत हो चुकीं। इनसे मनुष्य का कोई विकास नहीं होता। हमें यहां फिक्र करनी पड़ेगी। हालांकि उनकी तकलीफ को देखकर हमको लगेगा कि हम ही अच्छे हैं। न हमें कोई फिक्र है, न हमें

चिंता है। और हिंदुस्तान में इस तरह के शिक्षक पैदा हो रहे हैं, जो कह रहे हैं कि पीछे लौट चलो। वे कहते हैं कि क्या फायदा है बड़े नगरों का, छोटे गांव होने चाहिए, क्योंकि छोटे गांव में ज्यादा शांति है।

बिलकुल सच कहते हैं वे। जितने पीछे लौटो, उतनी ज्यादा शांति है; क्योंकि जितने पीछे लौटो उतना ही विकास करने की जो तीव्र आकांक्षा है, वह क्षीण होती चली जाती है। हवाई जहाज में चलो, तो ज्यादा अशांति होगी, बैलगाड़ी में चलने से ज्यादा शांति होगी। जितने पीछे लौट जाओ–सारी टेक्नालाजी छोड़ दो; लौट जाओ पीछे बिलकुल; सब मकान-वकान तोड़ दो, आदिम वासी हो जाओ–उतनी ज्यादा शांति रहेगी। शांति इसलिए नहीं है कि शांति मिल गयी। बल्कि जिन अशांति के रास्तों को पार करके अशांति मिल सकती थी, उनको छोड़कर आप भाग गए। यह एस्केपिस्ट तरीका है। गांधी जी यही समझाते हैं, विनोबा भी यही समझाते हैं कि पीछे लौट चलो।

इस समय मनुष्य-जाति वहां टकरा रही है, जहां से नए मनुष्य का जन्म होगा। अधिकतम शिक्षक पीछे लौट चलने की बात कह रहे हैं, क्योंकि उनको पता भी नहीं है कि आगे क्या होने को है, क्या हो सकता है। इस बार्डर पर हम खड़े हैं। दस लाख साल बाद एक मौका आया है कि एक नया बार्डर आया है, जिसको पार करना है। मेरी मान्यता यह है कि भारत को विचार के लिए पूरी हिम्मत से फिक्र करनी चाहिए। एक बात ध्यान में रखकर कि निर्विचार होने की प्रक्रिया भी हमारे ध्यान में हो और विचार जारी रहें, तो हम पश्चिम की मुसीबत में नहीं पड़ेंगे–जिस मुसीबत में वे पड़ गए हैं।

अगर भारत के शिक्षा-शास्त्री और हमारे विचारशील लोग मिलकर यह तय करें कि विचार को भी जन्मायें हम, और यूनिवर्सिटी की शिक्षा के साथ-साथ निर्विचार, ध्यान की भी शिक्षा देंगे, तो इस बात की बहुत संभावना है कि पश्चिम में जो तकलीफ हो रही है, वह हमें न हो। और इस बात की भी संभावना है कि वह जो भाग्य निर्धारित होना है कि कौन, कौन सी जाति नये मनुष्य को जन्म देगी, वह सौभाग्य हमें भी मिल सकता है। लेकिन सौभाग्य मिलेगा विचार की दीक्षा से और निर्विचार की साधना से।

हमारी हालत ऐसी है कि हम विचार करने को राजी नहीं हैं, तो निर्विचार का तो सवाल कहां है। और हमारी दलीलें ये हैं, आरग्यूमेंट्स ये है कि जब निर्विचार ही होना है, तो फिर ठीक है, हम अभी हुए जाते हैं, फिर आगे की क्या बात है! जब गाड़ी से उतरना ही है, तो गाड़ी पर सवार क्यों हों? जब सीढ़ी छोड़नी ही पड़ेगी, तो सीढ़ी पर चढ़े क्यों?

भारत इन्हीं गलत दलीलों के कारण पिछड़ता चला गया है। भारत भाग्यशाली सिद्ध हो सकता है आनेवाले भविष्य में, अगर इन दो बातों पर ध्यान रखा जाए। ये दोनों बिलकुल विरोधी बातें हैं, क्योंकि विचार की प्रक्रिया अलग बात है और निर्विचार की प्रक्रिया डायमेट्रिकलि अपोजिट है, बिलकुल उल्टी है। दोनों बिलकुल उल्टी बातें हैं और इसलिए बड़ी अर्थपूर्ण हैं क्योंकि जो आदमी आठ-दस घंटे तक तीव्र विचार करता है, अगर वह घंटेभर के लिए निर्विचार हो जाए, तो उसके विचार में खोयी गयी सारी शक्ति फिर उपलब्ध हो जाती है। जैसे आप

दिनभर श्रम करते हैं जागकर, रात सो जाते हैं। रात का सो जाना बिलकुल उल्टा है जागने से। जागने की अवस्था और सोने की अवस्था बिलकुल उल्टी है। लेकिन दिनभर जागते हैं, रात उल्टी अवस्था में चले जाते हैं, तो दिनभर के जागरण का सारा श्रम विलीन हो जाता है। सुबह फिर ताजे होकर वापस आ जाते हैं।

शरीर के तल पर जागने और सोने में जो अर्थ है, मन के तल पर सोचने और न सोचने में वही अर्थ है। अगर एक आदमी को हम जगाये रखें और सोने न दें, तो क्या हालत होगी? या एक आदमी को हम जागने न दें और सुलाए ही रखें, तो क्या हालत होगी? पूरब के आदमी को हम सुलाए हुए हैं। पच्चीस तरह के अफीम के नशे उसे सुला रहे हैं–कि सोये रहो, जागो मत, क्योंकि जागनेवाले तकलीफ में पड़ते हैं। स्वभावतः जो जागेगा वह तकलीफ में पड़ेगा। सोये आदमी को कोई तकलीफ नहीं है, क्योंकि उसे पता ही नहीं चलता कि क्या हो रहा है। कितनी तकलीफ आ जाए। मकान में आग लग जाए, उसे पता नहीं चलता।

पूरब का आदमी सोया हुआ आदमी है, उसे कुछ भी पता नहीं चलता। अकाल चला आ रहा है, उसे पता नहीं चलता। वह अपने बच्चे पैदा करता चला जा रहा है! सोया हुआ आदमी है, उसे क्या पता कि अकाल आ रहा है, बच्चे पैदा मत करो। वह यहां बच्चे पैदा करता रहेगा और बैंड-बाजे भी बजाता रहेगा। उसे पता ही नहीं कि तुम बैंड-बाजे मौत के स्वागत में बजा रहे हो और एक-एक बच्चा मौत की खबर लेकर

आ रहा है पूरे कौम की। तुम बैंड-बाजे बजा रहे हो! तुम्हें पता ही नहीं कि क्या हो रहा है, आगे क्या होगा! मुल्क गरीब होता चला जायेगा। किसी को पता नहीं है, किसी को खयाल नहीं है कि सोये हुए लोग हैं, चलते चले जायेंगे।

सोया हुआ आदमी तकलीफ में नहीं रहता–यह बात सच है। जागे हुए आदमी को तकलीफ होती है। लेकिन ध्यान रहे, जागता है जितना आदमी, उतने ही सोने के आनंद को भी उपलब्ध हो जाता है। जो दिनभर सोया रहता है, उसके सोने का आनंद भी चला जाता है, गहराई भी चली जाती है, डेप्थ भी चली जाती है। अगर दिनभर बिस्तर पर पड़े रहो, तो फिर रात सोने की गहराई खत्म हो जायेगी। सोने की गहराई उतनी ही होती है, जितनी जागने की गहराई होती है। अनुपात बराबर होता है। जो जितनी तेजी से जागेगा, वह उतना गहरा सोयेगा। जो जितना गहरा सोयेगा, उतना ज्यादा जाग सकेगा। जो जितना ज्यादा जाग सकेगा, उतना गहरा सो सकेगा। यह बिलकुल उल्टे छोरों पर मन घूमता रहता है।

जो जितना तेज विचार करेगा, उतनी ही गहराई में निर्विचार हो सकता है। जो जितना निर्विचार हो जाएगा, बियांड थाट चला जाएगा, वह उतना ही गहरा और स्पष्ट विचार कर सकता है। विचार और निर्विचार के बीच एक संतुलन, एक बैलेंस, एक संवाद की जरूरत है।

अगर भारत यह पूरा कर लेता है पश्चिम के पहले तो बहुत अद्भुत घटना घट जायेगी। लेकिन ऐसा मालूम नहीं पड़ता कि भारत कर

सकेगा; क्योंकि भारत कुछ सोचता ही नहीं, विचारता ही नहीं। मुर्दों की जमात है, मरे हुए फासिल्स हैं। कभी के मर चुके हैं। बस पोस्थ्युमस एक्जिसटेंस समझना चाहिए। पोस्ट-मार्टम के लायक है, और किसी काम के लायक नहीं है। बैठे हैं मुर्दों की तरह, गोबर के गणेशों की तरह बैठे हुए हैं! कुछ करना नहीं है, कुछ सोचना नहीं है। बस, एक रास्ता देख रहे हैं कि भगवान कब भेजें टिकिट कि आ जाओ वापस! एक्जिट कहां है, वही खोज रहे हैं। दरवाजा कहां है, जहां से निकल जाएं, आवागमन से छुटकारा हो जाए।

बस, इतना ही काम है जीवन में? जीवन उनका है, जो सघंर्ष करते हैं। जीवन उनका है, जो जीवन को जीतने की कोशिश करते हैं। लेकिन जीवन सिर्फ उनका ही नहीं है, जो सिर्फ जीतने की कोशिश करते हैं। जीवन उनका है, जो जीतने की कोशिश करते हैं, और एक सीमा पर जीतने की कोशिश भी छोड़ देते हैं। मगर ये उल्टी बातें हैं। और इन उल्टी बातों को मैंने थोड़ा-सा समझाने की कोशिश की। अगर इन दो विरोधों के बीच, इन पैराडाक्सेज के बीच कोई संतुलन खड़ा हो सकता है, तो एक नये मनुष्य का जन्म हो सकता है। दस लाख साल से चेष्टा चल रही है।

और ध्यान रहे, आप तो मेडिकल के विद्यार्थी हैं, तो आप जानते हैं कि दस लाख साल में फिजियालाजिकली आदमी के ब्रेन में कोई फर्क नहीं पड़ा है। दो लाख साल पहले की आदमी की जो खोपड़ियां मिली हैं, उनकी खोपड़ियों में और हमारी खोपड़ियों में कोई बुनियादी फर्क नहीं

है। कोई विकास नहीं हुआ है उस तल पर। उस तल पर कोई विकास नहीं हुआ। विकास जो भी हुआ है, वह विचार के तल पर हुआ है। विकास चेतना के तल पर हुआ है। विकास शरीर के तल पर कोई भी नहीं हुआ है। और यह विकास रुक गया है। पुनरुक्ति हो रही है उसी तरह के शरीर की, उसमें कोई विकास नहीं हो रहा है।

ऐसा लगता है कि अब एक दूसरे तल पर, एक दूसरे आयाम में, एक दूसरे डायमेंशन में विकास होगा। और वह विकास है चेतना का, कांशसनेस का। कांशसनेस वहां टकरा रही है, दीवाल खड़ी है कांच की जहां। विचार को कैसे छोड़े, वह उसकी सूझ में नहीं आ रहा है।

आज तो मैंने सिर्फ इतना ही कहा कि एक तीसरा विकल्प है। दुबारा आता हूं, वह तीसरा विकल्प कैसे आप पूरा कर सकते हैं, उसकी मैं बात करूंगा। मेरी बातों को इतने प्रेम और शांति से सुना उससे बहुत अनुगृहीत हूं, और अंत में सबके भीतर बैठे परमात्मा को प्रणाम करता हूं, मेरे प्रणाम स्वीकार करें।

चौथा प्रवचन

मन से मुक्ति

प्रश्न : सारे विश्व की दौड़ ज्यादा से ज्यादा भौतिक सुख को प्राप्त करने के लिए लगी हुई है। लेकिन लोग फिर भी स्थिर नहीं हैं और अशांत हैं–भौतिक सुखों को प्राप्त कर लेने पर भी। इस संबंध में आपकी क्या धारणा है?

मेरी धारणा बहुत अजीब है। उसे समझ लें तो एक दृष्टि खुल सकती है। जब एक आदमी धन की तलाश कर रहा है, तो आमतौर से हम सोचते हैं कि वह ईश्वर के विपरीत तलाश कर रहा है। मैं नहीं सोचता हूं, मैं सोचता हूं वह ईश्वर की ही तलाश कर रहा है जब एक आदमी पद की तलाश कर रहा है, तब लोग सोचते हैं, वह ईश्वर के विपरीत खोज रहा है। मैं सोचता हूं, वह ईश्वर को ही खोज रहा है। और इसको मैं यों लेता हूं...।

एक आदमी को हम कल्पना में लें–आपको ही ले लूं। मैं आपसे

कहूं, आप कितने धन से तृप्त हो जायेंगे? तो आपका मन एक आंकड़ा तय करेगा, तत्काल और आगे निकल जायेगा कि इससे काम नहीं चलेगा। मैं कोई भी आंकड़ा आपको कहूं, कोई भी संख्या, आपका मन कहेगा : 'इससे काम नहीं चलेगा!' इसका क्या अर्थ हुआ? इसका अर्थ हुआ कि जब तक अनंत धन न मिले, तब तक काम नहीं चल सकता।

आपको मैं कहूं कि बड़े पद आप ले लें, यह पद आप ले लें। इसके आगे फिर न मांगना, आप आखिरी मांग लें, तो शायद आप निर्णय नहीं कर पायेंगे। असल में परम पद पाये बिना काम नहीं चलेगा। पद की तलाश में भी परम पद पाने की खोज चल रही है। धन की तलाश में अनंत संपत्ति को पाने की तलाश चल रही है। अहंकार की तलाश में प्रभु होने की तलाश चल रही है। परमेश्वर हुए बिना किसी का अहंकार तृप्त होने को नहीं है। ये तलाशें चल रही हैं। ये तलाशें सब ईश्वरोन्मुख हैं। यानी ये सब अनंत की तरफ ले जा रही हैं।

लोग कहते हैं, 'वासना अनंत है।' और मैं कहता हूं 'असल में अनंत की वासना है' वासना अनंत है, यह तो ठीक है, अनंत की वासना है हमारे भीतर। अनंत को पाये बिना हम तृप्त होनेवाले नहीं हैं। ठोकर खायेंगे पच्चीसों दफा। छोटी-मोटी चीजों से अपने को तृप्त करना चाहेंगे। लेकिन हमारा मन कह देगा, हम तृप्त नहीं हैं।

लोग कहते हैं, यह मन बड़ा कामी है, लोलुप है। मैं कहता हूं, असल में यह परम को पाये बिना तृप्त नहीं होनेवाला है। इसलिए हर छोटी-मोटी जगह पर जब हम उसे तृप्त करना चाहते हैं, वह कह देता

है, हम तृप्त नहीं हैं। मन की यह जो चंचलता है, यह बड़ी अद्भुत है। यही आध्यात्मिक जीवन में ले जाती है।

लोग, धार्मिक लोग मन की चंचलता को गाली देते हैं, मैं उसकी कृपा समझता हूं। नहीं तो कोई आदमी कभी धार्मिक होता ही नहीं। आपने तो किसी भी घूरे पर, कचरे के, बिठालकर तृप्ति कर ली होती। धन मिल जाता, आप तृप्त हो जाते। लेकिन मन है, वह चंचल है – चंचल है। वह कहता है–और चाहिए, और अनंत दे दें उसे, तब भी वह कहेगा–और चाहिए, और चाहिए। जब सब दौड़कर आप थक जायेंगे जन्म-जन्म, जब सब तरफ से ठोकरें खाकर आप वापस लौट आयेंगे, जब कोई सीमित आपको तृप्त नहीं कर सकेगा, तब आपको दीखेगा : असल में मेरी प्यास तो अनंत प्रभु को पाने की थी। मैं छोटी-छोटी चीजों को तलाश रहा था।

इसके पूर्व कि वह प्यास दीखे, बहुत ठोकरें खानी जरूरी हैं, तभी वह दीखेगा। और जैसे ही यह दीखेगा, वैसे ही बात पूरी हो जायेगी।

हम खोज तो अभी भी रहे हैं उसी को–उसी को खोज रहे हैं। लेकिन बहुत अल्प से अपने को तृप्त कर लेना चाहते हैं, समझ लेना चाहते हैं अपने चित्त को। हमारा चित्त इसे समझता नहीं।

इसीलिए समृद्ध लोग ही, समृद्ध कौमें ही धार्मिक हो पाती हैं। असमृद्ध कौमें धार्मिक नहीं हो पातीं। भारत जब समृद्ध था, तो वह धार्मिक था। जब वह असमृद्ध, दरिद्र हुआ तो धार्मिक नहीं रह गया।

असल में जब सब तरह की समृद्धि होती है–जैसे महावीर या बुद्ध, इनके पास सब तरह की समृद्धि है। सारी तरह की समृद्धि के बीच में वे पाते हैं, मैं अतृप्त हूं। तब एक तो भ्रम टूट जाता है कि समृद्धि से तृप्ति हो सकती है, क्योंकि समृद्धि तो है, अगर उससे तृप्ति होती तो हो गई होती। समृद्धि क्या होती होगी, जब चित्त अतृप्त है! इतना तो तय हो गया कि समृद्धि तृप्ति नहीं देती। समृद्ध ही समृद्धि के भ्रम को तोड़ने के कारण बन जाते हैं और तब प्यास किसी नये लोक में खोजने लगती है।

दरिद्र को यह भ्रम रहता है कि शायद थोड़ी-सी समृद्धि होगी, तो तृप्त भी हो जायेंगे। दरिद्र जो है, वह थोड़े में ही तृप्त होने के पीछे भागता रहता है। और कोई समझ सके, विचार सके, तो चाहे दरिद्र हो, चाहे समृद्ध, वह इतनी बात समझ सकता है कि अनंत को पाये बिना, परम को पाये बिना, अंतिम को पाए बिना, मन तृप्त होनेवाला नहीं है, इसलिए अंतिम को ही पा लूं। यह जो भ्रमजाल है, यह इसलिए चल पाता है कि हमको यह धोखा होता रहता है कि इस चीज से शायद तृप्ति हो जाये, इस चीज से शायद तृप्ति हो जाये। लेकिन हर बार अनुभव हमें कह जाता है कि इससे तृप्ति होने को नहीं है।

इसी अनुभव को संयोजित करने में जन्म-जन्म लग जाते हैं। यह हमारे हाथ में है कि हम कितना लंबायें। चाहें तो इसी क्षण जाग सकते हैं और चाहें तो देर तक सोये रह सकते हैं, हमारे हाथ में है।

तो मुझे ये सारी वासनायें ईश्वर-विरोध में नहीं दिखाई पड़ती। ये सब ईश्वरोन्मुख हैं, क्योंकि प्रत्येक के भीतर उसी की आकांक्षा छिपी है।

प्रश्न : मन क्या है?

मेरी तरह से देखने पर मन कोई वस्तु नहीं है–केवल फंक्शन है। यह पंखा चल रहा है। एक तो पंखे की चलती हुई स्थिति है और एक इस पंखे की ठहरी हुई स्थिति है। जब पंखा ठहर गया, तब हम यह नहीं पूछेंगे कि वह चलना कहां गया। क्योंकि चलना कोई वस्तु नहीं थी। चलना पंखे की ही एक क्रिया है। जो पंखा चल रहा था, वह पंखा ठहर गया। हमारे भीतर जो सत्ता है, उसकी चलित स्थिति मन है और उसकी थिर स्थिति आत्मा है।

प्रश्न : क्या दोनों विपरीत हैं।

हां दोनों विपरीत हैं। उसकी चलती हुई स्थिति, उसकी गतिमान स्थिति मन है और उसकी ठहरी हुई, निस्पंद स्थिति आत्मा है। मन कोई वस्तु नहीं है, मन क्रिया है। तो जब तक चेतन हमारा भीतर क्रियाशील है, तब तक मन; वह क्रियाओं का इकट्ठा प्रवाह मन कहलायेगा। और जब चेतन निष्क्रिय हो गया और क्रियाएं शून्य हो गई हैं, उस निष्क्रिय चैतन्य का नाम आत्मा है। सक्रिय चैतन्य मन है, परिपूर्ण ठहरा हुआ स्थिर चैतन्य आत्मा है।

प्रश्न : आत्मा को तो नहीं कहते हैं कि धोखा देता है, मन तो हम भी जानते हैं कि कभी-कभी धोखा देता है। तो दोनों एक दूसरे के विपरीत लगते हैं। ऐसा क्यों होता है?

आत्मा न तो धोखा देता है और न धोखे के विपरीत कुछ देता है, क्योंकि वह तो निष्क्रिय है। दोनों ही क्रियायें हैं। न तो आत्मा विश्वास

योग्य है, न धोखेबाज है। वे दोनों क्रियायें हैं। वहां तो कुछ भी नहीं है। ये दोनों काम मन ही करेगा। ये दोनों क्रियाओं के अंग होंगे। दोनों मन की क्रियाओं के ही अंग होंगे–सत्य भी असत्य भी, ईमानदारी भी बेईमानी भी, धोखा भी गैर-धोखा भी। मन की तो प्रवाहमान स्थिति है।

असल में जब हम शब्दों का प्रयोग करते हैं, तो हमारे सारे के सारे शब्द वस्तु सूचक हैं। जैसे हम कहते हैं, 'बुखार'। इस आदमी को बुखार है। तो बुखार शब्द से कुछ ऐसा मालूम होता है, कोई चीज इस आदमी में बुखार नाम जैसी है। असल में बुखार कोई चीज नहीं है, बल्कि शरीर की एक विशिष्ट क्रिया है–एक विशिष्ट प्रक्रिया है। एक विशिष्ट प्रक्रिया में इसने शरीर को उत्ताप दे दिया है, उस उत्ताप को हम बुखार कह रहे हैं। उस समग्र प्रक्रिया को हम बुखार कह रहे हैं। बुखार वस्तु नहीं है।

इसलिए जब यह आदमी ठीक हो जायेगा, उसका उत्ताप गिर जायेगा, तो हम यह नहीं पूछ सकते कि बुखार कहां गया? क्योंकि बुखार कोई वस्तु नहीं थी। बुखार इसके शरीर की एक विशिष्ट उत्तप्त क्रिया का नाम था, विषमता की क्रिया का नाम था। बुखार शून्य हो गया, विषमता विलीन हो गई। इस विषमता के विलीन हो जाने पर जो क्रिया है, उसका नाम स्वास्थ्य है।

इस मनुष्य के भीतर एक स्थिति का नाम स्वास्थ्य है, एक स्थिति का नाम बुखार है। और यह एक ही चीज के दो स्पंदन हैं। विकृत ढंग से स्पंदित हो जाए, तो बुखार है और स्वस्थ ढंग से स्पंदित हो जाये, तो

स्वास्थ्य है। हमारे भीतर जो चैतन्य है, अगर वह किन्हीं भी विकृत–स्वरूप के विपरीत या अन्यथा मार्गों पर विचलित होकर दौड़ने लगे, तो मन है। और स्वरूप में स्थिति हो जाये, परिपूर्ण स्वरूप में स्थिति हो जाये, तो आत्मा है।

हमारा ही स्वरूप स्पंदित, अशांत स्थिति में मन कहलाता है। हमारा ही स्वरूप निस्पंद स्थिति में आत्मा कहलाता है। इसलिए मैं कहता हूं कि ध्यान जो है, वह मन में मुक्ति है। वह मन की प्रक्रिया नहीं है, क्योंकि मन की प्रक्रिया होती तो फिर वह आत्मा तक ले जानेवाली नहीं होती; वह तो मन से ही मुक्ति है।

चीन में एक साधु हुआ है। वह मरणासन्न था। और उसने चाहा कि अपने बाद किसी व्यक्ति को आश्रम का प्रधान बना जाये। पांच सौ भिक्षु थे आश्रम में। बहुत प्रीतिकर है यह घटना, दुनिया में वैसी घटना कभी घटी नहीं। उसने घोषणा की कि इन पांच सौ भिक्षुओं में जो भी धर्म की अनुभूति को उपलब्ध हो गया है, वह चार पंक्तियों में धर्म का परिपूर्ण अर्थ मुझे लिखकर दे जाये। अगर उन पंक्तियों ने यह सूचना दी कि उसे धर्म का अनुभव हुआ है, तो मैं उसे अपनी जगह पर बिठा दूंगा। लेकिन स्मरण रहे, मुझे धोखा नहीं दे सकोगे। शास्त्र-ज्ञान काम नहीं करेगा। इतना मैं जान लूंगा, इतना मैं जानता हूं कि कब तुमसे शास्त्र बोल रहा है, और कब तुम स्वयं बोल रहे हो। और लोग उस बूढ़े को जानते थे भली-भांति। उसको धोखा देना संभव नहीं था।

सैकड़ों लोगों ने सोचा, लेकिन हिम्मत नहीं पड़ी, क्योंकि वे जानते थे कि शास्त्र-ज्ञान है, स्वयं का अनुभव नहीं है। सिर्फ एक आदमी के

बाबत लोगों का खयाल था। वह आश्रम में बड़ा प्रख्यात था। लोग पहले से जानते थे कि वह गुरु के बाद प्रधान बनेगा। लोगों ने सोचा, वही लिखेगा, उसी का चुनाव होनेवाला है। उसने भी डर के मारे इतनी हिम्मत नहीं की कि वह गुरु के सामने अपनी बात रख देता। वह रात्रि को उसके दरवाजे पर लिख आया। वह चार पंक्तियां लिख आया। बड़ी सुंदर पंक्तियां उसने लिखीं। लेकिन गुरु ने सुबह कह दिया, यह सब कचरा है।

उसने चार पंक्तियां लिखीं। मनुष्य के पूरे जीवन पर उसने बात लिख दी। उसने लिखा 'मन एक दर्पण है जिस पर विचार की धूलि जम जाती है। इस धूलि को झाड़ दें और सत्य उपलब्ध हो जायेगा। इतना ही धर्म है।' लेकिन सुबह गुरु ने कहा, 'यह सब कचरा है। बकवास! यह किसने लिखा है?' वह तो भाग गया, छिप गया। दस्तखत वह कर नहीं गया था, इसी डर से कि वह गुरु बड़ा...!

यह खबर पूरे आश्रम में फैल गयी कि इतनी बहुमूल्य पंक्तियां लिखने पर भी गुरु ने कचरा कह दिया। और सब जानते हैं कि किसने लिखा...।

आश्रम में बारह वर्ष पहले एक युवक आया था। गुरु के पास गया था। गुरु ने कहा था, 'तुम साधु होना चाहते हो या दीखना चाहते हो?' उसने कहा, 'मैं होना चाहता हूं।' तो गुरु ने कहा, 'फिर आश्रम में चावल कूटो, और तुम्हारे जिम्मे कोई काम नहीं है। सुबह से शाम तक चावल कूटो। चावल के अतिरिक्त न कुछ सोचो, न कुछ विचारो।

अगर किसी दिन जरूरत पड़ी, तो मैं तुम्हें बुला लूंगा या मैं तुम्हारे पास आ जाऊंगा। तुम अब मेरे पास मत आना।'

इस घटना को घटे बारह साल हो गये थे। वह युवक फिर दुबारा गुरु के पास गया नहीं, गुरु ने उसे कभी बुलाया नहीं। वह चावल ही कूटता रहा। लोग उसको चावल कूटनेवाला करके ही जानने लगे। लेकिन चावल कूटते-कूटते कुछ घटना घटी। गुरु ने कहा था, 'चावल कूटना। न शास्त्र पढ़ना, न किसी से बात करना।'

वह चावल कूटता रहा–सुबह से सांझ तक चावल! सांझ से सुबह तक, एक ही काम था–चावल। धीरे-धीरे सारे विचार विलीन हो गये, चित्त शून्य हो गया। चावल ही कूटता रहा, कूटता रहा। न उससे कोई बात करता था, न कोई ज्ञानी समझता था। वह तो एक नौकर था आश्रम का और चावल कूटता था।

उसके पास भी किसी युवक भिक्षु ने यह बात निकलते हुए कही कि 'तुमने सुना! इतने बहुमूल्य वचन को उस बुड्ढे ने कह दिया कि सब कचरा है।' वह चावल कूटते हुए बोला कि 'कचरा तो जरूर है।' उसने कहा, 'तुम पागल हो गये हो! जिंदगी तुम्हारी चावल कूटते बीत गयी। तुम भी निरे मूढ़ को गये हो।' वह बोला, 'कचरा ही हमेशा मैं कूटता रहा।' उस युवक ने कहा, 'अच्छा, तो तुम लिख दो। अगर ऐसा है तो तुम लिख दो कि ठीक क्या है?' वह बोला 'मैं लिखना नहीं जानता। अगर तुम लिख दो मैं बोल दूंगा।'

उसने जाकर बोल दीं चार पंक्तियां और उस लिखनेवाले ने लिख दीं। उसने चार पंक्तियां लिखवायीं कि 'मन का कोई दर्पण ही नहीं, धूलि जमेगी कहां? जो इस सत्य को जानता है, वह धर्म को जानता है।'

लिखा था पहले आदमी ने, 'मन का दर्पण है, जिस पर धूलि जम जाती है विकार की। इस धूलि को झाड़ दें, सत्य उपलब्ध हो जाता है।' इसने लिखवाया, 'मन का कोई दर्पण ही नहीं धूलि जमेगी कहां? जो इस सत्य को जानता है, वह धर्म को जानता है।' और इस चावल कूटनेवाले को ध्यान मिल गया।

यह जो बात है बड़ी अद्‌भुत है। मन का कोई दर्पण ही नहीं है। असल में मन कोई वस्तु नहीं है। मन केवल एक सक्रिय, उत्तेजित क्रिया का नाम है। हमारे भीतर उत्तेजना का जो ज्वर है, वही हमारा मन है। अगर उत्तेजना विलीन हो जाये, तो मन ही बचता है। अशांति मन है।

आमतौर से हम कहते हैं, 'मन अशांत है।' वह बात ही गलत है, मेरे हिसाब से। मन अशांत है, यह कहना गलत है, क्योंकि अशांति ही मन है। मन उत्तेजित है, यह कहना गलत है। उत्तेजना ही मन है। अगर यह दीखेगा कि उत्तेजना, अशांति, उद्वेग, इनकी संभावना ही मन है, और इनको समग्र जो प्रवाह है वह सतत है। सुबह से सांझ, जन्म से मृत्यु तक सब उत्तेजना का प्रवाह है। उसी उत्तेजना के इकट्‌ठे प्रवाह से मन की एन्टाइटी का भ्रम होता है कि मन कोई चीज है।

मैं एक अंगारा लेकर जोर से घुमाऊं, तो गोल वृत्त का पता चलेगा कि कोई गोल चीज है। है वहां कोई गोल चीज नहीं! मेरा अंगारा जोर से घूम रहा है, अंगारा जोर से घूम रहा है, वृत्त दिखाई पड़ रहा है; वृत्त है नहीं। वैसे ही ये उत्तेजनाएं इतनी तीव्रता से घूम रही हैं कि इनके बीच के खाली गैप नहीं दिखाई पड़ रहे हैं। उत्तेजना, उत्तेजना, उत्तेजना इतना तीव्रता का पूरा प्रवाह एक वस्तु मालूम होती है कि जैसे कोई वस्तु है।

जो व्यक्ति शांत होगा, वह हैरान होकर हंसेगा और वह यह कहेगा कि यह तो कहीं था ही नहीं। ये फुटकर उत्तेजनाएं थीं, जो इकट्ठी दिखाई पड़ने पर मन जैसी मालूम होती हैं। उत्तेजना मन है, अनुत्तेजित हो जाना मन के बाहर हो जाना है। हम चूंकि अनुत्तेजित हो सकते हैं, इसलिए उत्तेजित भी हो सकते हैं। चेतना उत्तेजित हो सकती है। क्योंकि चेतना अनुत्तेजित हो सकती है।

असल में दोनों क्रियाएं साथ ही हो सकती हैं। जो दौड़ सकता है, वही रुक सकता है। जो रुक सकता है, वही दौड़ सकता है।

अगर आत्मा परिपूर्ण शांत हो सकती है तो इसमें ही यह बात निहित है कि आत्मा परिपूर्ण अशांत हो सकती है। जो लोग कहते हैं, आत्मा परिपूर्ण शांत है, वे सोचते हैं कि अशांत कैसे कहें? क्योंकि अशांत उसके विपरीत हो जायेगा। लेकिन उसके शांत कहने का अर्थ यह है कि उसमें अशांत होने की क्षमता है। वे विपरीत शब्द हैं, लेकिन वे विपरीत शब्द एक-दूसरे को अपने भीतर लिए हुए हैं।

यह कहने से ही कि 'आत्मा ज्ञानपूर्ण है' उसके अज्ञान में उतरने की क्षमता सूचित हो जाती है। लेकिन उसे ज्ञानपूर्ण कहने की कोई वजह नहीं रह जाती।

अब मेरे हिसाब से तो मैं कुछ इसे और ऐसा बांटने लगा। 'कुछ' है हमारे भीतर। खास नाम उसको मैं कोई नहीं देता। कुछ है हमारे भीतर, एक्स, वाई कोई भी नाम रख लें, कुछ है हमारे भीतर, जो अगर उत्तेजित हो, तो हम मन कहते हैं। और जो अगर शांत हो तो हम आत्मा कहते हैं। कुछ है हमारे भीतर जिसमें ये दोनों संभावनाएं हैं। उत्तेजित हो जाये, तो मन हो जाता है। उत्तेजित हो जाये, मन बन जाये, तो संसार का निर्माता बनता है। शांत हो जाये, तो आत्मा हो जाये। शांत होकर आत्मा बन जाये, तो मुक्ति का रास्ता बन जाता है। कुछ उत्तेजक हैं मन और कुछ अनुत्तेजक हैं आत्मा। वे दोनों क्षमताएं हैं। और जिसमें शांत होने की क्षमता है, उसी में अशांत होने की क्षमता होगी। नहीं तो उसमें शांत होने की क्षमता नहीं आ सकती। यानी विपरीत गुण-धर्म साथ ही उपस्थित होंगे। वे एक ही सिक्के के दो पहलू होंगे।

प्रश्न : फिर जो कह रहे हैं कि आत्मा निर्लेप है, निर्विकार है, वह तो सही नहीं रहा।

मेरे हिसाब से तो नहीं है। वह जो है, जब हम इसे कहते हैं, निर्विकार, निर्लेप तभी हम कह रहे हैं कि इसमें विकार की संभावना है। नहीं तो उसे निर्विकार कहने का कोई कारण नहीं है। उस कुछ की एक स्थिति का नाम आत्मा है। उस कुछ को आत्मा भी कहने का कोई अर्थ

नहीं। इसी वजह से बुद्ध ने उसको आत्मा नहीं कहा। उसको आत्मा कहने की कोई वजह नहीं है। इस भांति हम देखें तो ही मन की ग्रंथि खुलती है, नहीं तो मन एक ग्रंथि बनकर खड़ा हो जाता है, जिसका कोई उत्तर नहीं है, जिसका कोई उत्तर नहीं है।

प्रश्न : क्या आहार का मन पर असर होता है?

कुछ आहार उत्तेजक आहार हैं, उत्तेजना देते हैं। वे सब बाधा हैं आध्यात्मिक जीवन में। कुछ आहार अनुत्तेजक हैं। वे कोई उत्तेजना नहीं देते। वे आध्यात्मिक जीवन में सहयोगी होते हैं। कुछ आहार हैं जो मादक हैं, जो नशा देते हैं। कुछ आहार गैर-मादक हैं, नशा नहीं देते हैं। मादक आहार, उत्तेजक आहार, बाधक हैं आध्यात्मिक जीवन में, लेकिन मादक आहार के प्रति हमारी जो आकांक्षा है, जो रस है, उत्तेजक आहर को लेने की जो हमारे भीतर वासना है, ध्यान से वह विलीन होती है। जैसे-जैसे चित्त शांत होने लगेगा, वैसे-वैसे आहार में परिवर्तन होने लगेगा।

मेरे पास ऐसी कुछ घटनाएं घटी हैं। कुछ मित्र थे, जो मांसाहारी थे। वे जब शुरू-शुरू में मेरे पास आये, तो उन्होंने आते से ही यह पूछा कि 'हम मांसाहारी हैं, कहीं आपके इस ध्यान में यह बाधा तो नहीं डालते कि यह आहार छोड़ना पड़ेगा। हम लोग यह नहीं छोड़ सकते।' मैंने उनसे कहा, 'मैं आहार की तो बात ही नहीं करता। आपको खाना है, मजे से खाओ। मुझे कुछ लेना-देना नहीं है, लेकिन ध्यान शुरू करो।'

उन्होंने ध्यान शुरू किया। एक महीने, दो महीने बाद उन्होंने आकर मुझसे कहा, 'यह तो बड़ी कठिनाई हो गयी, मांसाहार करना संभव नहीं रहा। और अब यह हैरानी होती है कि इतने दिन तक हम कैसे करते रहे।' मैंने कहा, 'यह अलग बात है। अब अगर छूट जाये, क्योंकि सहज छूट गया, यह अलग बात है। छोड़ने का प्रश्न नहीं है इसमें।

चित्त की अशांति के कारण उत्तेजना आहार अच्छे लगते हैं, चित्त शांत हो जाये, उत्तेजक आहार अच्छे नहीं लगेंगे। हमने उल्टी स्थिति पकड़ ली है। हम चाहते हैं कि उत्तेजक आहार पहले छूटें, तब चित्त शांत होगा। उत्तेजक आहार पहले नहीं छूट सकते। हम सोचते हैं, आदमी बहुत सुंदर वेशभूषा छोड़े, तब चित्त शांत होगा। यह गलत है। चित्त शांत हो जाये, तो वेशभूषा साधारण सहज हो जायेगी। मूल चीज चित्त है।

प्रश्न : क्या इसमें यौगिक क्रिया से मदद हो सकती है?

जरूर मदद हो सकती है। आप कुछ कर रही हैं?

प्रश्नकर्ता : हां।

उसे आप सीख लें। कोई बात नहीं है। लेकिन उसकी कोई जरूरत नहीं है। मैंने आज जो आपसे प्रयोग के लिए सुबह कहा, अगर एक महीने...।

प्रश्न : आपके सामने ही प्रयोग हो सकता है?

नहीं, वह मेरे अभाव में भी हो जायेगा। उसमें बात नहीं है। आप थोड़ा करें। एक महीने घर में मेरे बिना भी होगा; कोई कठिनाई नहीं है।

प्रश्न : लेकिन जब आप कराते हैं, तब तो खूब होता है।

वह भाव बन जाता है। भाव बन जाता है। असल में हो तो आपको रहा है और जब मेरे सामने हो रहा है, तब भी आपको हो रहा है। भीतर ही कोई बात घट रही है न!

हां, यहां ऐसा करना चाहिए थोड़ा-सा। एक छोटी-सी कभी एक गोष्ठी महीने-पंद्रह दिन में रख लेनी चाहिए और रेकार्ड लगा देना चाहिए, और उसमें प्रयोग कर लेना चाहिए। ऐसे अगर आप प्रयोग करें, तो मेरे बिना भी होगा। जैसे आज रात्रि को भी आप आयें, आज रात्रि को भी प्रयोग कर लेंगे।

आपको कहीं जाने की बहुत जरूरत नहीं है। घर पर ही रात्रि में और सुबह, एक पंद्रह दिन में ही आपको लगेगा कि चित्त शांत होने लगा है।

क्या कर रही हैं आप तीन वर्ष से?

मैं अभी नाम लेती हूं।

वे इसलिए आते हैं विचार। आप इसका जरा नया प्रयोग करके देखें। कितनी देर करती हैं?

आधा घंटा करती हूं।

नहीं, आप इस नये प्रयोग को करिए। घंटों हो जायेंगे, कोई दिक्कत नहीं है।

अब एक घटना घटी है। मेरे एक परिचित प्रयोग करते थे। उनका लड़का मुझे खबर देने आया कि वे छह घंटे से बैठे हुए हैं, तो हम लोग घबड़ा गये हैं कि उनको हिलायें, उठायें, या क्या करें? तो मैंने कहा कि 'उन्हें बैठा रहने दें, कोई हर्जा नहीं। वे सात घंटे बाद उठे। उनके घर के लोगों ने कहा कि 'अजीब बात हो गयी। इतनी देर बैठियेगा, तो बड़ा मुश्किल है।' उन्होंने कहा, 'मुझे तो पता नहीं चला। मुझे तो ऐसा लगा कि मैं अभी उठा।'

अगर चित्त शांत हो जायेगा, तो टाइम का तो पता नहीं चलेगा। अशांति की वजह से टाइम का पता चलता है। मैं तो यह कहने लगा कि चित्त की अशांति ही टाइम है। आप अनुभव करेंगे कि जब चित्त बिलकुल शांत और आनंद में होगा, तो टाइम छोटा मालूम पड़ेगा। घंटाभर बीत जायेगा, लगेगा पांच मिनट बीते, चित्त अगर दुखी है और अशांत है तो घंटाभर बीतेगा, तो लगेगा वर्षों बीत गये।

टाइम का जो ड्यूरेशन है, जो अनुभव हमको होता है, वह दुख और सुख से होता है। अगर चित्त बिलकुल शांति में, आनंद में है तो टाइम का कोई पता नहीं चलेगा। तो कितनी ही देर रहा जा सकता है।

और यह भाव न रखें कि मेरे सामने होगा। यह भाव मन में रख लिया, तो मुश्किल होगा। यह बिलकुल भाव न रखें। प्रयोग को करें, एक महीनेभर धीरज से। और इस प्रयोग में नाम वगैरह न लें। वह जो

अलग आप करते हैं, उसको अलग करें। इसको पंद्रह मिनट बिना नाम से करें। इसमें न कोई नाम लेना है, न कोई स्मरण करना है। न कोई मंत्र, न कोई प्रतिमा, कुछ नहीं करना। बहुत लाभ होगा। या चाहें तो कहीं रहें। यौगिक क्रियाएं देख लें, थोड़े से कुछ लाभ होते हैं उनसे चित्त को।

प्रश्न : कहीं मैंने पढ़ा कि प्रेम, मृत्यु और दुख एक ही चीजें हैं। दुख और मृत्यु तो हमको समझ में आ जाता है कि एक ही चीज हैं। लेकिन प्रेम का दुख और मृत्यु के साथ जो जोड़ रहा है, अजीब-सा मालूम होता है।

यह बात ठीक है। प्रेम की हम में इसीलिए आकांक्षा है कि हम दुख और मृत्यु से डरे हुए हैं। और हम दुख और मृत्यु से इतने घबड़ाये हुए हैं कि प्रेम ही एकमात्र सहारा है, जिसको हम खोजते हैं, जिसके माध्यम से हम जी लेते हैं। जो व्यक्ति मृत्यु और दुख से ऊपर उठ जायेगा, वह प्रेम से भी ऊपर उठ जायेगा। उसी वक्त उसमें प्रेम करने का कोई प्रश्न नहीं रह जायेगा। प्रेम की आकांक्षा और प्रेम पाने का कोई प्रश्न नहीं रह जायेगा।

प्रेम पाने की जो आकांक्षा है, वह मृत्यु और दुख से एस्केप है। हम उस भांति अपने को भुला लेते हैं। मृत्यु भी भूल जाती है, दुख भी भूल जाता है। दो प्रेमी एक-दूसरे के प्रेम में अपने दुख और मृत्यु को भुला लेते हैं। एक दूसरे से सहारे में, एक-दूसरे के करीब उस बेहोशी में अपने दुख को और पीड़ा को भूल जाते हैं। अगर दुख और पीड़ा विसर्जित हो

जाये, या अगर दुख पता चल जाये, तो आप अचानक पायेंगे कि आप प्रेम और आसक्ति के ऊपर उठ गये हैं।

उस स्थिति में इसका अर्थ यह नहीं कि आप दूसरों के प्रति बेरुखे और घृणा से भर जायेंगे। उस स्थिति में आसक्ति नहीं होगी, मोह नहीं होगा, किसी से प्रेम पाने की आकांक्षा नहीं होगी। तब वह सहज, स्निग्ध, सहज स्वभाव दूसरों के प्रति होगा और उसको हमने अलग-अलग नाम दिये हैं—करुणा, अहिंसा, मैत्री। वे नाम इसलिए अलग दिये, ताकि प्रेम से हम उनको अलग बता सकें। महावीर या बुद्ध किसी के प्रति रूखे नहीं हैं।

अगर हम बहुत ठीक से देखें, तो रूखा होना या दूसरे के प्रति घृणा से भरा होना भी प्रेम का ही एक दूसरा हिस्सा है। इसलिए जिनको प्रेम करते हैं, जरा-सी स्थिति बदल जाये, तो हम तत्काल घृणा भी करने लगते हैं। प्रेम के नीचे ही घृणा छिपी हुई है। बहुत वैज्ञानिक बात तो यह है कि जिसको हम प्रेम करते हैं, उसको हम भीतर घृणा भी करते हैं, उसको हम घृणा भी करते हैं। जरा ही मौका आ जाये, तो पहिया बदल जायेगा और जहां प्रेम था वहां घृणा हो जायेगी।

जिसको हम प्रेम नहीं करते, उसको हम घृणा भी नहीं कर सकते। वैसा व्यक्ति प्रेम और घृणा दोनों से मुक्त हो जायेगा। इसलिए प्रेम, मृत्यु और पीड़ा इन तीनों को साथ रखा जा सकता है। वे लगते हैं बहुत अजीब से हैं, लेकिन रखा जा सकता है।

अभी जो मन की व्याख्या की है, उससे भिन्न कुछ भी नहीं है। वे सब नाम भर के भेद हैं। ये सब नाम भर हैं। चित्त या बुद्धि या मन कहें या कुछ और नाम दे लें।

प्रश्न : क्या आत्मा ही परमात्मा है?

हां, वही सत्ता परमात्मा है। असल में हमको बचपन से खयाल दिये जाते हैं। हमको ऐसा बताया जाता है कि वह ईश्वर बैठा हुआ है आकाश में ऊपर, सबको चला रहा है। ऐसा कोई ईश्वर कहीं बैठा हुआ नहीं है।

समस्त विश्व केवल पदार्थ नहीं है, पदार्थ के भीतर चेतना भी छिपी हुई है। उस टोटल कांशसनेस का नाम ईश्वर है। वह सारे विश्व में छिपा हुआ है। उसकी पूरी टोटेलिटी का नाम ईश्वर है। ईश्वर कोई व्यक्ति नहीं है। समग्र चैतन्य के पूरे प्रवाह का नाम ईश्वर है। और समग्र जड़ता के पूरे प्रवाह का नाग संसार है।

हम यहां इतने लोग बैठे हुए हैं। यहां दोहरी घटनाएं घट रही हैं। यहां इतने शरीर भी बैठे हुए हैं...।

प्रश्न : जब सभी पदार्थ में चैतन्य है, तो चैतन्य ही होगा, पदार्थ नहीं होगा?

अगर ऐसा कहना पड़े कि पदार्थ नहीं है, सभी चैतन्य है, तो फिर चैतन्य को चैतन्य कहने का कोई कारण नहीं रह जायेगी। वह तो हम पदार्थ के विपरीत जो है, उसको चैतन्य कहते हैं। अगर जगत में एक

ही चीज है, तो उसको न तो हम पदार्थ कह सकते हैं, न चैतन्य कह सकते हैं। फिर तो कोई भी शब्द बेमानी है। हम उसको चैतन्य इसीलिए कहते हैं कि जगत में कुछ अचैतन्य भी है। यह बात समझे न!

अगर ऐसा मन हो कहने का, तो फिर हम उसको चैतन्य नहीं कह सकते हैं। फिर हम उसको कुछ भी नहीं कह सकते। असल में जब भी कुछ कहेंगे तो द्वैत होगा, डुआलिटी होगी। अगर हम इस जगत को कहें कि इसमें चैतन्य है, तो मानना होगा कि कुछ अचैतन्य भी है जिसमें चैतन्य है। अगर हम कहें इस जगत में अचैतन्य ही है तो भी हमको मानना पड़ेगा कि कुछ चैतन्य है। क्योंकि उसको अचैतन्य कहने का कोई कारण नहीं रह जायेगा।

प्रश्न : चैतन्य पदार्थ नहीं है?

असल में मेरी अगर बात समझोगे, जैसे मैंने अभी कहा कि कुछ है, उत्तेजित होता है तो मन कहलता है; अनुत्तेजित होता है तो आत्मा कहलाता है। ऐसा ही कुछ है, कोई नाम की जरूरत नहीं है। उसको चाहे ब्रह्म कह लें, उससे कोई फर्क नहीं पड़ता, क्योंकि नाम देते ही दिक्कत शुरू होती है। कुछ है जो हमें दो रूपों में दिखाई पड़ता है–चैतन्य में और अचैतन्य में। एक है जहां वह बिलकुल स्पंदनशून्य है, वहां वह अचेतन मालूम होता है, पदार्थ मालूम होता है। और एक उसका ही रूप है, जो परिपूर्ण स्पंदन से भरा हुआ है। वहां वह चैतन्य मालूम होता है, यह एक ही वस्तु के, एक ही सत्ता के दो विभिन्न पहलू हैं, एक ही सत्ता के दो फंक्शन हैं।

चैतन्य और अचैतन्य पदार्थ नहीं हैं, वरन एक ही सत्ता के दो फंक्शन हैं। उस समग्र चैतन्य को ईश्वर का नाम दिया है। और दोनों की टोटेलिटी को ब्रह्म का नाम दिया है समस्त चैतन्य की टोटेलिटी जो है वह ईश्वर, समस्त पदार्थ की जो टोटेलिटी है वह जगत, और दोनों की जो पूरी की पूरी टोटेलिटी है, वह है ब्रह्म। नाम देने की बातें हैं। नाम देने से न कोई अनुभव होता है, न कोई बात है।

प्रश्न : अवतार क्या है?

सभी अवतार हैं। प्रत्येक व्यक्ति अवतार है। विशेष अवतारों को हम पूजने लगते हैं और शेष अवतारों को भूल जाते हैं। प्रत्येक व्यक्ति अवतार है। या तो ईश्वर सबमें है या तो किसी में नहीं है। ऐसी विशेष मोनोपोली नहीं हो सकती राम की या कृष्ण की या किसी की कि वह तो अवतार है और अ ब स अवतार नहीं हैं। यह हम दावा करते हैं। अगर कोई ऐसा समझे कि मैं अवतार हूं और साथ यह न समझे कि दूसरे अवतार हैं, तो भ्रम में हैं। और अगर वह ऐसा समझे कि मैं अवतार हूं, और शेष भी अवतार हैं, तो वह ज्ञान में है।

प्रश्न : तो क्या गीता में जो कहा है, 'यदा यदाहि धर्मस्य ग्लानिर्भवति भारत...।' यह गलत है?

न, न, गलत-सही मैं कुछ नहीं कहता। मेरी जो बात है, वह मैं कहता हूं। अगर मेरी बात तुम्हें ठीक लगे, तो उसके विपरीत में सब गलत हो जायेगा। समझे मेरी बात को! किसी को गलत कहने का मुझे कोई कारण नहीं है मुझे जो ठीक लगता है, वह भर मैं कहता हूं। तो

मुझे यह ठीक लगता है कि या तो समस्त के भीतर प्रभु का अवतरण हुआ है... ऐसी पासिबिलिटी नहीं हो सकती कि एक आदमी में ईश्वर का अवतरण हो जाये और शेष में अवतरण न हो। और जब हम कहते हैं, समग्र चैतन्य ईश्वर है, तो समग्र चैतन्य एक आदमी में कैसे अवतरित हो जायेगा!

ये जो धारणाएं हैं हमारी, ये इस तरह के प्रचलित खयाल हैं, इनका वास्तविक अनुभूतियों से बहुत कम संबंध है। इनका प्रचार और प्रोपेगैंडा और पच्चीस दूसरी बातों से संबंध है। तब इसका हर जगह...। हिंदू अपने अवतारों का नाम गिनायेंगे कि ये अवतार हैं। ईसा उसमें नहीं आते, उसमें महावीर नहीं आते, उसमें मुहम्मद नहीं आते। ये लोग अवतार नहीं हैं। ईसाइयों से पूछो, तो ईसा के सिवाय कोई ईश्वर-पुत्र नहीं है; बाकी सब विचारक होंगे। ईश्वर-पुत्र वही ईसा हैं। जैनों से पूछो, तो उनके चौबीस तार्थंकरों के अलावा कोई तीर्थंकर नहीं है, बाकी सब ऐसे ही हैं। ये सब प्रोपेगैंडा हैं। ये सब सेक्टेरियन प्रोपेगैंडा है। इनका सत्य से कोई संबंध नहीं है। अगर दुनियाभर में सब अवतारों का नाम जोड़ों, तो बहुत संख्या हो जायेगी।

अभी इस वक्त दुनिया में कोई तीन सौ आदमी हैं, जो अपने को ईश्वर होने का दावा करते हैं। अभी मैं इलाहाबाद में था, तीन आदमी वहीं मौजूद थे। एक सम्मेलन में मैं गया, एक यज्ञ था। तो उस सम्मेलन में एक ने अपना नाम श्री भगवान रखा हुआ है। वह श्री भगवान ही अपने को कहते हैं। नाम ही उन्होंने... और कुछ नहीं है उनका। वे श्री

भगवान ही हैं! तो पता चला कि यज्ञ में तीन आदमी हैं, जो कि दावा करते हैं कि वे भगवान के अवतार हैं।

यह दावा अहंकारग्रस्त है। असल में एक तरह का, मस्तिष्क का, अहंकार को अंतिम रूप होता है, जब आदमी अंतिम दावे करता है।

प्रश्न : आपने कहा कि समाधि माने समाधान, समाधि में जो गये हैं, वे पहुंच गये हैं।

कौन?

रामकृष्ण परमहंस।

नामों की बात बहुत अर्थपूर्ण नहीं है। यह अर्थपूर्ण नहीं है कि कौन पहुंचा, कौन नहीं पहुंचा यह हम तय नहीं कर सकते कि अभी पहुंचे हैं या नहीं। क्योंकि तय करने में कोई माने भी नहीं है। मेरी बात आप समझे न। यह तय करने में कोई मानी नहीं है कि रामकृष्ण पहुंचे या नहीं पहुंचे। इससे कोई अर्थ भी नहीं है। इसका कोई उपयोग भी नहीं है। उपयोग इस बात का है कि मैं समाधान में हूं या नहीं। लेकिन हमारी अधिकतर चिंताएं इस तरह की चलती रहती हैं कि कौन पहुंचा, कौन नहीं पहुंचा।

मैं एक किताब पढ़ता था, तो उसमें एक बहुत अजीब बात मैंने देखी...।

प्रश्न : वह अहंकार है न, जो अवतार मानते हैं अपने को?

हां, वह अहंकार को ही अंतिम चरम रूप है। नहीं तो कोई वजह नहीं है। जैसे ही व्यक्ति परिपूर्ण समाधि को उपलब्ध हो जायेगा, उसे तो यही पता नहीं चलेगा कि मैं भी हूं, और तुमसे अलग हूं। उसे तो यह भी पता नहीं चलेगा कि मैं तुमसे अलग हूं। लेकिन चीजें ऐसी हैं। दावे बहुत अजीब होते हैं।

रामतीर्थ अमरीका गये–पंजाब में एक साधु हुए। उनकी बड़ी ख्याति है, उनके ग्रंथों की बड़ी ख्याति है, उनके लेक्चर्स, उन्होंने वेदांत की बड़ी उत्कट चर्चा की। वह वहां से वापस लौटकर भारत आये। वे काशी में ठहरे हुए थे। काशी में किसी पंडित ने यह कह दिया कि 'ये बड़ा वेदांत-वेदांत लगाये हुए हैं, संस्कृत के दो शब्द आते नहीं हैं।' संस्कृत उनको जरूर नहीं आती थी। वे तो फारसी से पढ़े-लिखे थे। इतना कहने से ही वे इतने क्रुद्ध हो गये... ! पंद्रह वर्ष से किसी ने उनमें क्रोध नहीं देखा था। रामतीर्थ में और लोग समझते थे, वे तो ईश्वर अनुभूति को पहुंच गये हैं। वे इतने क्रुद्ध हो गये कि बीच मीटिंग में छोड़कर चले गये। बड़े लोग हैरान हुए। वे जाकर काशी के पास एक गांव में संस्कृत सीखने लगे कि मैं संस्कृत सीख लूं।

मैं समझता हूं कि हमें कि अगर सच में वे शांत हो गये थे, तो वे कह देते कि अगर संस्कृत जानने से वेदांत आता है, तो मैं जानता। बात खत्म थी। लेकिन संस्कृत सीखने को यह दुराग्रह तीव्र क्रोध का लक्षण है। फिर वे बाद में हिमालय गये। उनका एक शिष्य था सरदार पूर्णसिंह। उसने लिखा है कि उनके पत्नी और बच्चे उनसे मिलने आये,

दर्शन करने। रामतीर्थ ने उनको दर्शन देने से इनकार कर दिया। उनको दर्शन से। पूर्णसिंह बहुत हैरान हुआ। उसने जाकर उनसे कहा, 'यह क्या बात है? सारी दुनिया में आप कहते फिरे कि सबमें वही ब्रह्म विराजमान है। तो इस पत्नी भर में छोड़कर सबमें विराजमान है क्या? और किसी को कहीं भी आपने इनकार नहीं किया दर्शन के लिए। इस पत्नी ने क्या बिगाड़ा है। इसमें शायद ब्रह्म विराजमान नहीं है।' पूर्णसिंह ने कहा, 'इससे मुझे इतना दुख होता है कि मैं जाता हूं। या तो उसे दर्शन दें या मैं भी जाता हूं। मेरी आपके पास रहने की कोई जरूरत नहीं है।'

पूर्णसिंह ने अपनी आत्मकथा में लिखा है कि मैं इतना चौंका कि मैं हैरान हुआ। रामतीर्थ ने बाद में आत्महत्या की। लोग कहने लगे कि जल-समाधि ले ली। लेकिन मुश्किल यह है कि नामों के साथ हम मोह-ग्रस्त हो जाते हैं कि उनकी चर्चा नहीं की जा सकती। इसलिए मैं नामों की कभी चर्चा नहीं करता। क्योंकि हमारे सबसे मोह लगे होते हैं, हिसाब-किताब लगा होता है। उनको एक दफा बड़ा मान लेने से हमारा अहंकार भी उसमें जुड़ जाता है। उनको अगर कोई कुछ कह देता है, तो दिक्कत हो। इसलिए व्यक्तियों की चर्चा करने से कोई फायदा नहीं है। फायदा तो उसूल समझ लेने का है।

इतना जानता हूं कि जिस व्यक्ति को समाधि उत्पन्न होगी, उससे 'मैं' भाव विलीन हो जाएगा। वह यह कहने जाये कि मैं परमात्मा हूं, यह तो बहुत ही मुश्किल है। और अगर वह यह कहे कि मैं परमात्मा

हूं और साथ में यह इम्पलीकेशन हो कि दूसरे लोग परमात्मा नहीं हैं–इसको मैं अहंकार कहूंगा। अगर वह यह कहे कि मैं परमात्मा हूं, तुम भी परमात्मा हो, तो मैं कहूंगा, वह कोई बात अर्थ की है लेकिन अगर तुम्हारे विपरीत वह ईश्वर होने का दावा करता हो तो यह अहंकार की ही कोटियां हैं। इसमें कोई भेद नहीं है। और इस तरह की बातें चित्त को विक्षिप्त स्थितियों के लक्षण हैं।

वहां अरब में मुहम्मद के बाद अनेकों पागलों को यह जुनून सवार हो जाता है कि मैं मुहम्मद हूं। एक बहुत बढ़िया मैंने घटना पढ़ी।

दमिश्क के एक पागलखाने में वहां के बादशाह ने कुछ लोगों को बंद किया हुआ था, क्योंकि वहां तो उसने कई को तो मार डाला, इस वजह से कि कोई यह दावा कर दे कि मैं पैगंबर हूं। क्योंकि एक ही पैगंबर मुहम्मद है, और एक ही कुरान है और इसके बाद अब कुरान में न कोई तरतीम, न कोई संशोधन हो सकता है, न कोई पैगंबर आ सकता है।

किसी आदमी ने दावा किया हुआ था, तो उसको बंद किया हुआ था। बादशाह उससे मिलने जेल में गया और उससे जाकर कहा कि 'क्यों, तुम्हारी तबियत ठीक हो गयी? अब तो वह भ्रम नहीं है तुम्हें मुहम्मद और पैगंबर होने का?' उसने कहा, 'मैं तो हूं ही। ईश्वर ने मुझे संदेश देकर भेजा है।' एक पागल एक कोने में पीठ किये बैठा था। वह बोला, 'यह बिलकुल गलत है। मैंने इसे कभी संदेश देकर नहीं भेजा था। यह बिलकुल गलत कह रहा है। मैंने इसे कभी संदेश देकर नहीं

भेजा है!' तब वह बादशाह तो हैरान ही हो गया। ये तो मुहम्मद ही थे! वे तो खुद ही परम पिता परमेश्वर थे। उसने कहा, 'मैंने तो इसे भेजा ही नहीं।'

ये सब स्थितियां हैं। अहंकार का अंतिम विस्फोट है। परम समाधि की स्थिति में उसे दर्शन होगा, जो भीतर है।

बुद्ध के जीवन में एक घटना है। पिछले जन्म बुद्ध ने कहे। पिछले जन्मों की कथाएं जैसे महावीर ने कही, वैसे बुद्ध ने कही। वे पिछले जन्म में, दीपंकर नाम के एक बुद्ध थे, उनसे मिलने गए, तब वे स्वयं प्रबुद्ध नहीं थे; एक सामन्य जीव थे। दीपंकर को जाकर उन्होंने नमस्कार किया, तो दीपंकर ने भी उनको झुककर नमस्कार किया। बुद्ध हैरान हुए। उन्होंने उनसे कहा, 'आप तो बुद्ध हैं, और मुझे झुककर नमस्कार करें, तो शुभ नहीं मालूम देता। मैं अज्ञानी जीव हूं मेरा नमस्कार करना योग्य है।

तो दीपंकर ने कहा, 'तुमको दीखता है कि तुम अज्ञानी हो। मुझको तो जो मेरे भीतर दीखता है सो तुम्हारे भीतर दीखता है। तुमको मेरे भीतर अलग दीखता है, क्योंकि तुम अज्ञानी हो। लेकिन मुझे तो जो मेरे भीतर दीखता है, वही तुम्हारे भीतर दीखता है, इसलिए मैं तो नमस्कार तुमको करूंगा, क्योंकि तुमने मुझे नमस्कार किया है।'

समाधि को उत्पन्न व्यक्ति को जो उसके भीतर दीख रहा है, वही तुम्हारे भीतर दीखेगा। अगर वह ये दावे करे कि मैं परमेश्वर हूं, मैं अवतार हूं और वह सारी बातें करे, तो ये दावे अर्थपूर्ण नहीं हैं। मेरा मानना यह

है कि इगो और अहंकार के अंतिम विस्फोट हैं, बड़े सात्विक विस्फोट हैं, और वे दावा नहीं कर रहे, लेकिन विस्फोट अहंकार के ही हैं।

प्रश्न : शायद उन्होंने कहा ही न हो?

नहीं, कोई नहीं कहता। पीछे आरोपित होता है। कोई जरूरी नहीं कि वे कहें। पीछे आरोपित होता है, बहुत आरोपित होता है। क्योंकि हम बिना भगवान के नहीं रह सकते, बिना अवतार के नहीं रह सकते। हम किसी को भी खड़ा करके तत्काल अवतार खड़ा कर लेते हैं। हम सिक्योरिटी चाहते हैं, सुरक्षा चाहते हैं, सहारा चाहते हैं।

तो अगर मेरी बात ठीक है, तो इतने से काम थोड़े ही चलेगा। मेरी बात को पूरा ठीक होने के लिए जरूरी है कि मैं भगवान हो जाऊं। अगर मैं दावा न करूं, तो चार लोग मिलकर दावा करेंगे, कि वे भगवान हैं। तो मेरी बात ठीक होती है। क्योंकि आदमी की कही बातें ठीक हुई हैं दुनिया में बातें तो भगवान की ठीक होती हैं। तो बातें ठीक करने के लिए जरूरी होगा कि भगवान घोषित कर दो। बहुत कम लोग जगत में इतने ईमानदार हुए हैं, जो कि इस सात्विक अहंकार से बचे हैं। असल में तो गुरु होने में भी बड़े अहंकार की तृप्ति है। यह दावा करना कि मैं किसी का गुरु हूं, अहंकार की तृप्ति है। जो सच में आत्मिक जीवन को उपलब्ध हुआ है, वह न तो किसी का गुरु अपने को मानता है, न किसी का शिष्य अपने को मानता है। वह यह अहंकार भी नहीं करेगा कि 'मैं आपका शास्ता हूं। मैं जैसा कहूंगा वैसा करो।' ऐसा भी उसे कहने का कोई कारण नहीं रह गया।

मुझे नहीं दीखता, कोई अवतार होता है, या कोई सदगुरु होते हैं। जगत में जाग्रत पुरुष हैं, सोये हुए पुरुष हैं। जगत में जागे हुए ईश्वर हैं, सोये हुए ईश्वर हैं मुझे दो ही बातें दिखाई पड़ती हैं। जगत में जागे हुए ईश्वर हैं, जगत में सोये ईश्वर हैं। ऐसे लोग जिन्होंने ईश्वरत्व को अनुभव कर लिया, और ऐसे लोग जो अपने ईश्वरत्व को अनुभव नहीं किये हैं। लेकिन जिन्होंने अनुभव कर लिया, वे ये दावे नहीं कर सकते हैं, उनको तो दिखाई पड़ रहा है कि दूसरे के भीतर भी वही सत्ता विराजमान है। सोये हुए ही ये दावे कर सकते हैं, या जागे हुए के बाबत सोये हुए दावे कर सकते हैं। व्यक्तियों के नाम का कोई बहुत प्रयोजन नहीं है।

प्रश्न : क्या डार्विन का सिद्धांत सही है?

आप बंदर से आदमी हुए हैं या भगवान से आदमी हुए हैं, इससे क्या फर्क पड़ेगा! आप आदमी हो, यह तय है। अब आपको बंदर होना है या भगवान होना है, यह आपको तय करना है। दो रास्ते हैं या तो हम यह विचार करते रहें कि हम बंदर से आदमी हुए हैं या भगवान से आदमी हुए हैं।

पुराने लोग कहते हैं, आप भगवान से आदमी हो गये हैं। नये लोग कहते हैं, आप बंदर से आदमी हो गये हैं। मेरे लिए दोनों फिजूल की बातें हैं। सवाल यह है, आप आदमी हैं। और अभी दोनों रास्ते आपके सामने खुले हुए हैं–चाहें तो बंदर हो जायें, चाहें तो भगवान हो जायें। महत्वपूर्ण यह है कि हमें क्या होना है। पशु भी हो सकते हैं। चिंतन को

ऐसी दिशा दें, जो धीरे-धीरे मुक्ति की तरफ ले जाये। और जो चिंतन सिर्फ हो, जिसके परिणाम में कुछ तय न होता हो...।

मैं अभी एक जगह गया। मुल्ताई नामक एक जगह गया। वहां मैं रात्रि को मीटिंग में बोलकर पहुंचा, तो दो वृद्ध लोग मेरे पास आये–ग्यारह बजे रात। दोनों काफी वृद्ध हैं, एक जैन और एक ब्राह्मण। इन दोनों ने आकर कहा कि हम दोनों बड़े पुराने मित्र हैं। बचपन के मित्र हैं। चालीस-पचास साल की मित्रता है लेकिन हममें कई विवाद चलते रहते हैं। वे अब तक हल नहीं हुए। जैसे एक विवाद यह ही तय नहीं हुआ कि जगत को ईश्वर ने बनाया है या नहीं बनाया है। हम लोग इससे परेशान हो गये हैं कई दफा। आज आपकी बातें हमको अपील की है, दोनों को अपील की है। ऐसा कम होता है कि हम दोनों को एक ही आदमी की बात अपील करें। क्योंकि हम दोनों विरोधी हैं। एक दूसरे के विचार से सहमत नहीं हैं। आज हम दोनों को आपकी बातें अपील कीं, तो हमने कहा, हो सकता है हम दोनों को समाधान मिल जाये, तो आपके पास आये। यह तय होना ही चाहिए कि 'जगत को ईश्वर ने बनाया है या कि नहीं बनाया है।'

तो मैंने उनसे कहा कि 'अगर यह तय हो जाये कि जगत को ईश्वर ने बनाया, तो फिर आप क्या करोगे?' उन्होंने कहा, 'क्या करेंगे!' और मैंने कहा, 'अगर यह तय हो जाये कि ईश्वर ने नहीं बनाया, तो आप क्या करोगे? इन दोनों में से कोई भी विकल्प तय हो जाये, तो आप तो जैसे हो वैसे ही रहोगे। इसलिए इसको तय करने में अगर आपने

चालीस साल बकवास की, तो फिजूल खोये आप। उस विकल्प को तय करिए जो जीवन में क्रांति ला देगा। उस विकल्प को तय करिए, जिसका परिणाम परिवर्तन होगा।'

जीवन में बहुत छोटे-से प्रश्न हैं, जो तय करने जैसे हैं, और अगर वे तय हो जायें, तो हममें फर्क होता है। अधिक प्रश्न ऐसे हैं, जो केवल व्यामोह हैं, व्यर्थ का तर्क-वितर्क और विचार हैं, जिनसे कोई निर्णय नहीं होता। कुछ भी तय हो जायेगा।

सबसे पहले हमें यह तय कर लेना चाहिए कि कुछ ऐसे बिंदु, जिनके उत्तर मेरे जीवन को बदल देंगे। तब आप पायेंगे, वे थोड़े से होंगे; बहुत ज्यादा होनेवाले नहीं हैं, शायद एकाध ही होगा। जो मुक्ति की तरफ ले जाये, जो शांति की तरफ ले जाये, जो स्वज्ञान की तरफ ले जाये, ऐसी कोई जिज्ञासा स्पष्ट कर लेनी चाहिए। और नहीं तो हमारी जिज्ञासा से हमें कोई भी उत्तर मिल जायेगा। मान लीजिए, यह हो जाये या वह हो जाये। यह तय हो जाये कि डार्विन ठीक है, या यह तय हो जाये कि डार्विन गलत है, तो आपमें कोई फर्क नहीं पड़ता। आप जहां हैं, वहां रहेंगे। अगर ऐसी चीजें हैं, तो ये इर्रेलेवेंट हैं, असंगत है। जीवन में इनका कोई संबंध नहीं है।

सत्य की अनुभूति के लिए सम्यक जिज्ञासा जरूरी है। हमारी बहुत-सी जिज्ञासा असंगत है, वह हम पूछते हैं। और हमको यह भी पता नहीं कि उसके पूछने से कोई लाभ होगा कि नहीं। तो मैंने भी निर्णय किया है कि मैं आपके उन्हीं प्रश्नों के उत्तर दें जिनसे आपको कोई लाभ

होगा, नहीं तो नहीं दें। क्योंकि देने से कोई मजा भी तो नहीं। देने का मजा जिनको है, उनकी बात अलग है। मुझे तो उत्तर देने में मजा नहीं आता है कि मजा है उसमें। यह मुझे लगे कि हां, इससे आपको कुछ लाभ होगा, कुछ गति मिलेगी, तो मेहनत करने को मेरा मन होता है कि इस पर मेहनत की जाये।

पांचवां प्रवचन

विश्वास नहीं—स्वानुभव

पुनर्जन्म को, कर्म को, या किसी चीज को आप जब बिलीफ की तरह पकड लेते हैं, तब आपको मस्तिष्क सोचना बंद कर देगा। आपने कैसे जाना कि लाख कर्म हैं? सुना तो बिलीफ बन गयी। अगर आप दूसरे मुल्क में पैदा होते, जहां यह बात न सुनी जाती, तो फिर न बनती बिलीफ। यह तो आसपास का प्रोपेगेंडा है, जिसका परिणाम है कि आप में बिलीफ पैदा हो जाता है। अब पड़ोस में ही दूसरे बिलीफ वाले भी रहते हैं, और आप भी रह रहे हैं। वह माइंड अपना क्लोज रखे हुए हैं। जो उनके बिलीफ से उठी है, वे पकड़े हुए हैं। जो आपकी बिलीफ है, आप पकड़े हुए हैं आप पड़ोसी थोड़े ही हैं किसी के, क्योंकि सब क्लोज्ड हैं; कोई किसी से मिल थोड़े ही रहा है। जब तक आप में बिलीफ है, तब तक आप किसी के पड़ोसी नहीं हो सकते। मैं हिंदू हूं, आप मुसलमान हैं, मैं कैसे पड़ोसी होऊंगा। और यह बिलीफ बांधे हुए हैं घेरे को। लेकिन अगर बिलीफ अलग हो जाये, तो जिनको हम सीकर्स आफ

ट्रुथ कहें, वे पड़ोसी हो जायेंगे, और कोई पड़ोसी नहीं हो सकता दुनिया में। विश्वास तोड़ देता है संबंध को। विश्वास लोगों से तोड़ देता है और खोज से भी तोड़ देता है।

यह कैसे आपने मान लिया? इसको मानने की कौन-सी बुनियाद है? सिवाय इसके कि संयोग की बात है कि आपके आसपास एक प्रचार हो रहा है, वह आपने सुन लिया। जैसे कोई साबुन का विज्ञापन करता हो, तो रेडियो से कहता हो, अखबार में लिखता हो, अभिनेत्रियों के चित्र बनाता हो कि उनका अमुक साबुन अच्छा है। दस-पच्चीस दफा सुनते-सुनते जब आप बाजार में खरीदने जाते हैं तो आप कहते हैं, फलां साबुन दे दो। अगर आपसे कोई पूछे, आपने नील साबुन क्यों चुना, हजारों साबुन हैं? तो कहेंगे कि मेरा विश्वास है कि यह अच्छा है। विश्वास कैसे आ गया आपको? क्योंकि आसपास प्रोपेगैंडा किया गया आपके। यह तो एडवरटाइजमेंट की पूरी की पूरी व्यवस्था ही है न कि आपके आसपास हवा पैदा की गयी कि यह अच्छा है, यह अच्छा है। आप कहने लगे—यही अच्छा है। जैसे यह बिलीफ पैदा होती है कि फलां साबुन अच्छा है, वैसे ये बिलीफ थीं, इनमें कोई फर्क नहीं है। यह सब बहुत गहरे में प्रोपेगैंडा है और प्रचार है, और आपके मन को पकड़ लेता है।

जो आदमी जानने को उत्सुक है, वह मानने को उत्सुक नहीं होगा कभी। वह कहेगा, मैं जानना चाहता हूं। मैं खोजना चाहता हूं। मैं एक-एक तथ्य को आंकूंगा। पहचानूंगा, समझूंगा। अगर मुझे लगेगा, मेरा अनुभव कहेगा तो ठीक। फिर वह विश्वास नहीं होगा। फिर वह ज्ञान होगा। वह बिलीफ नहीं होगी, फिर वह नालेज होगा।

बिलीफ जो है अज्ञान की घटना है, इग्नोरेंस की घटना है। फिर जितना इग्नोरेंट आदमी होगा, उतना ज्यादा बिलीफ होंगी उसके आस-पास। जितना आदमी ज्ञान की तरफ बढ़ेगा, बिलीफ गिरती जायेगी और जो आदमी खुद ज्ञान को उपलब्ध होगा, उसकी कोई बिलीफ नहीं होगी। यानी अगर आप उससे पूछे कि क्या तुम ईश्वर को मानते हो? तो वह कहेगा, 'मैं जानता हूं।' मानता हूं नहीं कहेगा। मानने का कोई सवाल नहीं रहा। मानता तो उसे है, जो जानता नहीं है। मानने का क्या सवाल है? अगर सच में ही खोजना हो, इनक्वायरी करनी हो, सच में ही जानने की इच्छा पैदा हुई हो, तो सब मानना छोड़ दें। बड़ी घबड़ाहट होगी।

घबड़ाहट यह होगी कि मानना छोड़ने से आपको लगेगा कि आप तो बिलकुल इग्नोरेंट आदमी हैं। घबड़ाहट यह होगी कि अगर मानना छोड़ा, तो मुझे लगेगा कि मेरे जैसा अज्ञानी नहीं है कोई। मैं तो कुछ भी नहीं जान पाता।

परंतु हमें विश्वास यह सिखाये जा रहे हैं और इस सिखाने की वजह से ही इतनी करप्टेड दुनिया पैदा हुई है, और इतने करप्टेड आदमी पैदा हुए हैं–सिखाने की वजह से।

यह पांच हजार साल का फल क्या है इस सिखावट का? यह आदमी जो हमारे सामने सब तरफ दिखायी पड़ रहे हैं यही हैं, यही दुनिया हमारी है? यही दुनिया पैदा हुई न इस शिक्षा से? पांच हजार साल की सारी टीचिंग कहां ले गयी है आपको? रोज नीचे गिरते जाते हैं और रोज गिरते जायेंगे। वह बुनियादी बात गलत है। बुनियाद में ही

बात गलत है। न कोई श्रद्धा की जरूरत है, न विश्वास की जरूरत है। खोज की जरूरत है, साहस की जरूरत है। खोजने की जरूरत है, साहस करने की जरूरत है।

ये सब कमजोरी के लक्षण हैं। इसलिए जिन कौमों ने जितनी ज्यादा श्रद्धा पर विश्वास किया वे कौमें उतनी ही पिछड़ गयीं। देखें। जिन कौमों ने भी इस पर विश्वास किया, वे कौमें उतनी पीछे पिछड़ गयीं। एक कदम आगे बढ़ने का सवाल ही नहीं रहा। अगर बैलगाड़ी में बैठे थे, तो बैलगाड़ी में बैठे हुए हैं श्राद्ध और विश्वास से, तो फिर और आगे उठने का सवाल कहां उठता है।

विश्वासी मन विकास कहीं करता, कर ही नहीं सकता। देखें दुनिया में। कौमें जो विश्वास करेंगी, वे पिछड़ जायेंगी। व्यक्ति भी जो विश्वास करेंगे, वे पिछड़ जायेंगे। मगर विश्वास करना सुविधापूर्ण है, कम्फर्टेबल है, इसे मैं कहूंगा। विश्वास कम्फर्टेबल है, सुविधापूर्ण है; झंझट नहीं है। हमें कोई मतलब नहीं है खोजने से। हम कहां खोजने जायें, अपनी दुकानदारी करें कि खोजने जायें कि कर्म है या नहीं! तो हम मान लेते हैं, कोई कह जाता है कि है, तो ठीक मान लेते हैं। पिताजी कहते हैं, तो मान लेते हैं, पास-पड़ोस के लोग कहते हैं, तो मान लेते हैं। कौन झंझट में पड़ेगा? फिर उसे मानकर चिंतन शुरू कर देते हैं कि अगर कर्म का सिद्धांत है, तो फलां आदमी गरीब क्यों हो गया? जरूर इसने कोई बुरे कर्म किये होंगे, इसलिए गरीब हो गया। एक चीज मान लेते हैं, फिर उसके आधार पर सब हिसाब फैलाने लगते हैं कि हम अमीर हो गये हैं, तो हम जरूर कोई अच्छे कर्म किये होंगे। एक तो ऐसी बात

जिसे हम नहीं जानते, उसे मान लिया और अब फिर उन बातों को जो हमारे सामने होती हैं, उनके आधार पर व्याख्या करने लगते हैं। फिर जिंदगी एक ऐसे अजीब हिसाब में चलने लगती है।

अब जैसे आपने कह दिया कि यह योग की बात है, यह कैसे आपने जाना? यह कैसे जाना कि डेस्टिनी होती है? आप कहेंगे हमने तथ्यों को देखकर जाना। बिलकुल झूठ है। डेस्टिनी का सिद्धांत पहले मान लिया, फिर तथ्यों की व्याख्या करने लगे। जैसे आप कह सकते हैं, इतने दिन तक पूर्णिमा ने आपसे कहा कि मेरे पास नहीं निकलना, नहीं निकल सके। कोई योग ही नहीं था। मगर यह योग का विश्वास पहले से मन में बैठा हुआ है इसलिए व्याख्या आपने कर ली।

सारी दुनिया में विश्वास है कि फलां दिन खराब होता है, फलां तारीख खराब होती है। तो एक व्यक्ति ने एक किताब लिख डाली कि तेरह तारीख सबसे खराब तारीख है। और उसने कहा, मैं कोई झूठ नहीं कह रहा हूं, मैं तो प्रमाण दे रहा हूं। वह म्यूनिस्पल कार्पोरेशन के दफ्तर में गया; तेरह तारीख को जितने लोग मरे, उसकी लिस्ट ले गया। तेरह तारीख को अस्पतालों में कितने लोग भर्ती हुए, कितने लोग पागल हुए उनकी लिस्ट ले ली। तेरह तारीख को कितने स्यूसाइड हुए, उनकी लिस्टें ले लीं। तेरह तारीख को कितने एक्सिडेंट हुए, उनका सब पता लगा लिया। बड़ी किताब लिखी कि तेरह तारीख को यह-यह होता है। आप किताब पढ़कर मान जायेंगे कि बात तो बिलकुल ठीक कह रहा है। यह दिखता है–होता है।

मेरे एक मित्र वह किताब लेकर मेरे पास आये, उन्होंने कहा, 'देखते हैं! अब तो आप मानते हैं!' मैंने कहा, 'तुम बारह तारीख की खोज करो, इतने तथ्य उसमें मिल जायेंगे। या तुम ग्यारह तारीख की खोज करो, इतने तथ्य उसमें मिल जायेंगे।'

यह गैर-साइंटिफिक और साइंटिफिक माइंड का फर्क क्या है? गैर-साइंटिफिक माइंड किसी विश्वास को पहले मान लेता है, फिर तथ्य पर उस विश्वास को थोपने लगता है। सांइटिफिक माइंड किसी विश्वास को नहीं मानता, तथ्य को खोजता है। और तथ्य से ही ज्ञान को निकलने देता है, इतना ही फर्क है। और कोई फर्क नहीं है। अंधविश्वासी, अवैज्ञानिक जो मन है, वह किसी चीज को पहले मान लेता है और फिर तथ्यों की व्याख्या कर देता है। वैज्ञानिक जो मन है, वह पहले तथ्यों को खोजता है, फिर सिद्धांत वह निकालता है। इतना ही फर्क है, और इतना फर्क बहुत फर्क है।

ज्ञान की चेष्टा और खोज करने से दुनिया बहुत बेहतर हो जाये। दुनिया में बड़े जिंदा लोग हों, दुनिया में बड़ी खोज हो। और जब खोज हो, तो कुछ तथ्य निकलें और जीवन का अनुभव आये।

हम सब मुर्दा लोग हैं। यह मैं अपना अपमान समझता हूं कि किसी और की बात पर विश्वास करूं। मैं क्यों विश्वास करूं? मैं अपनी जिंदगी जीने के लिए पैदा हुआ हूं। मैं जीऊं, जानूं, पहचानूं। कौन हकदार है इस बात का कि मेरे ऊपर अपना विश्वास थोप दे? नहीं तो मेरे पैदा होने की कोई जरूरत क्या थी! आखिर मेरे जीवन का अनुभव

होकर मुझे कुछ दे। लेकिन हम अनुभव से भी डरते हैं। पता नहीं अनुभव कहां ले जाये। क्या होगा, क्या न हो? बंधे-बंधाये रास्ते से कहीं भटक न जायें। और बड़ा मजा है, बंधे-बंधाए रास्तों पर भी चलकर आप कहां पहुंच रहे हैं? कहीं भी नहीं पहुंच रहे हैं। भटके हुए हैं ही।

मैं तो विश्वास का पक्षपाती नहीं हूं। ज्ञान का पक्षपाती हूं। खोजें, जब कोई चीज दिखायी पड़े तो जरूर जानेंगे उसको। तब मानने का कोई सवाल ही नहीं रह जायेगा। और तब जीवन में कोई संपत्ति आप उपलब्ध कर लेंगे।

अगर खोज जारी रखी और हिम्मत से प्रयोग किया, तो रत्ती-रत्ती मिलकर आप एक संपदा बना लेंगे। और विश्वास करते रहे तो ठीक है, विश्वास करते रहेंगे और समाप्त हो जायेंगे। आपकी कोई निजी संपत्ति, कोई उपलब्धि अनुभूति की नहीं खड़ी होगी।

और व्याख्याओं का बड़ा मजा है। कोई भी सिद्धांत आप पकड़ लें और व्याख्याएं की जा सकती हैं। कोई कठिनाई नहीं है। नहीं तो दुनिया में इतनी मूर्खता चलती क्या? अस्सी करोड़ मुसलमान, कोई एक अरब क्रिश्चियन, बीस करोड़ हिंदू। बीस करोड़ हिंदू मानते हैं पुनर्जन्म है। लेकिन ये दो अरब क्रिश्चियन हैं और मुसलमान इनके कान पर जू भी नहीं रेंगती कि पुनर्जन्म है। क्योंकि इनका विश्वास है कि नहीं है। तो उन्हीं तथ्यों को, जिनको देखकर आप व्याख्या कर लेते थे, फिर पुनर्जन्म सिद्ध होता है। वे सिद्ध कर लेते हैं, उन्हीं तथ्यों से कि पुनर्जन्म सिद्ध नहीं होता। नहीं तो डेढ़ अरब आदमियों को बुद्धू बनाया जा सकता है।

बहुत देर तक? अगर पुनर्जन्म होता हो तो दुनिया में दो अरब आदमी कितनी देर तक माने रह सकते हैं कि पुनर्जन्म नहीं होता। या अगर पुनर्जन्म नहीं होता हो, तो ये बीस करोड़ हिंदू कैसे माने रह सकते हैं कि पुनर्जन्म होता है। जो भी तथ्य होता, वह अब तक मामला हल कर देता।

आप देखते हैं, साइंस में बहुत जल्दी यूनिवर्सल निर्णय हो जाते हैं। कोई दिक्कत नहीं होती। साइंटिस्ट लड़ सकते हैं थोड़ी-बहुत देर कि इसका हम वैसा अर्थ नहीं लेते। थोड़ी देर में निर्णय हो जाता है कि क्या अर्थ लेते हैं। क्योंकि तथ्यों पर जोर होता है। लेकिन धर्म निर्णय नहीं कर पाया आज तक, क्योंकि जोर विश्वास पर है। विश्वास के साथ झंझट ही नहीं खड़ी होती है; आपके जो मन में आया आप मान सकते हैं, और तथ्य की वैसी व्याख्या कर सकते हैं।

जब तक विश्वास के आधार पर तथ्य की व्याख्या होगी, दुनिया में एक धर्म पैदा नहीं हो सकता। और जब तक एक धर्म पैदा नहीं हो तब तक सबका धर्म पैदा नहीं हो सकता। एक साइंटिफिक रिलीजन खड़ा नहीं हो सकता, यूनिवर्सल नहीं हो सकता, लेकिन वह तब तक, जब तक विश्वास से तथ्य की व्याख्या हो। जिस दिन तथ्य के माध्यम से ज्ञान के उत्पन्न करने की फिक्र जैसी विज्ञान में हुई है, धर्म में भी हो जायेगी, उस दिन दुनिया में एक धर्म रह जायेगा; दो रहने की गुंजाइश नहीं है। यह कैसे संभव है कि दो रह जायें? और तब जो धर्म होगा, उसकी शक्ति आप सोच सकते हैं कि क्या होगी?

अभी तो धार्मिकों की शक्ति इसमें लगती रही कि दूसरे धार्मिकों को नष्ट करो। मुसलमानों की शक्ति इसमें लगती रही कि हिंदुओं को नष्ट करो। हिंदुओं की शक्ति इसमें लगी कि मुसलमानों को नष्ट करें। क्रिश्चियन ताकत लगाये हुए हैं कि सबको हड़प जायें। दूसरे इसलिए ताकत लगाये हुए हैं कि हम हड़प जायें। अभी उनका सारा का सारा श्रम और शक्ति दूसरे को पी जाने और हड़प जाने में लगी हुई है। अगर दुनिया में एक वैज्ञानिक धर्म हो, तो यह सारी शक्ति दुनिया के विकास में अद्भुत परिणाम ला सकती है। ऐसा भाईचारा और इतना प्रेम पैदा हो सकता है, जिसका कोई हिसाब नहीं। मगर वह तभी होगा, जब बिलीफ से शुरुआत न हो। इसलिए कोई इतना आसान मामला नहीं है कि बच्चों को हम कह दें कि श्रद्धा रखो, विश्वास करो। यह बड़ा खतरनाक मामला है। इतना खतरनाक मामला है कि मनुष्य उसी खतरनाक मामले से पांच हजार साल से परेशान है और परेशान रहेगा, अगर यह सिलसिला चलता रहेगा।

वैज्ञानिक मन पैदा होना चाहिए सब दिशाओं में। तो मैं पक्षपाती नहीं हूं विश्वास का और किसी विश्वास से नहीं कहता कि आप सोचना शुरू करें। सोचते नहीं हैं जब आप, विश्वास से शुरू करते हैं–मामला ही खत्म हो गया! आप मेरे पास आये और तय करके आ गये, कि मेरे बाबत कोई निर्णय लेकर आ गये कि बहुत बुरे आदमी हैं या बहुत भले आदमी हैं। खैर, आप जो मेरी व्याख्या करोगे, वह अपने ही हिसाब के अनुकूल कर लोगे और चले जाओगे। अगर मुझे ही जानना है, तो मेरे बाबत कोई विश्वास को लेकर न आयें और सीधे एनकाउंटर होने दें। सीधा–बिना किसी विश्वास के।

प्रश्न : आप पांच हजार साल की जो बात करते हैं, वह पांच हजार साल की ही क्यों बात कहते हैं?

पांच हजार साल का हमें ज्ञान है। पांच हजार साल के बाबत हम कुछ जानते हैं, बाकी नहीं जानते हैं।

प्रश्न : शुभ और सद्गुणों पर तो बिलीफ करनी चाहिए?

अगर हम बिलीफ छोड़ सकें, तो जिसे हम शुभ कहें, महत्वपूर्ण कहें, वह आप में उत्पन्न हो जायेगा। और अगर बिलीफ आप पकड़े रहे, आप में कभी उत्पन्न नहीं होगा। आप में सद्गुण पैदा ही नहीं हो सकता बिना ज्ञान के और यही तो वजह है कि आपकी बिलीफ एक होती है। और आचरण दूसरा होता है। आप कहते तो हो कि चोरी करना बुरा है और चोरी करते हैं। आपका विश्वास और आचरण में भेद क्यों है? भेद इसलिए है कि विश्वास झूठा है और विश्वास पहले बना लिया गया है, बिना आचरण को जाने और पहचाने। इसलिए आचरण उसके अनुकूल नहीं बैठता कभी। यानी वह मामला ऐसा है कि जैसे कोई दर्जी आपको बिना नापे-जोखे और आपके कपड़े बना ले। और फिर उन कपड़ों को आप में बिठालने की कोशिश करे। तो फिर कांट-छांट आपमें करना पड़े, कपड़ों में नहीं। आपके हाथ-पैर काटने पड़े।

प्रश्न : हाथ पैर क्यों काटने पड़ेंगे?

क्योंकि कपड़े पहले बना लिए गये और आप पीछे आये। ऐसा है, यह जो आपकी मॉरैलिटी है कि नियम आपके पहले बिठा दिये जाते हैं और अब उनके अनुकूल आप हो जाइए! जैसे नियमों के लिए आदमी

पैदा हुआ है! नहीं, आदमी पहले है, और आदमी के जीवन से नियम निकलते हैं। कपड़े बाद में बनाये जा सकते हैं, आदमी को पहले नापना होगा।

हम कुछ धारणाएं बना लेते हैं। और वे धारणाएं जब नहीं बैठती हैं हमारे ऊपर, तो हम परेशान होना शुरू हो जाते हैं कि यह क्या हुआ हम तो बहुत कोशिश करते हैं, यह होता नहीं है!

मेरी समझ में, जैसे कि आपको कोई भी चीज कही गयी कि यह बुरी है, इस पर विश्वास मत करिए, इस पर प्रयोग करिए। जानिए, मन को खुला रखिए, पहचानिए और अपने अनुभव से नतीजे पर पहुंचिए कि यह बुरी है या नहीं। अगर आप अपने अनुभव से इस नतीजे पर पहुंचे कि यह बात बुरी है, आप उससे मुक्त हो जाओगे। फिर आपके आचरण में और आपके ज्ञान में भेद नहीं होगा। और अगर आप अपने अनुभव से पहुंच गये कि यह चीज भली है, आप पाओगे, वह आपके जीवन में प्रवाहित होने लगेगी। आपके आचरण में और विचार में भेद नहीं रह जायेगा।

आचार और विचार का जो भेद है, वह भेद इस वजह से है कि हम धारणाएं पकड़े हुए हैं। जीवन तो प्रयोग करने के लिए एक बड़ा अद्भुत अवसर है। लेकिन हम प्रयोग कर ही नहीं पाते, क्योंकि दूसरे हमें पहले सब बता देते हैं कि यह अच्छा है और यह बुरा है। तुम्हें कुछ करने की जरूरत नहीं है। हम तुम्हें उधार ज्ञान दिये देते हैं, तुम इससे काम चला लेना।

प्रश्न : जो आत्मा है वह तो है कि नहीं, यह पहले कोई बताता है, क्योंकि वह प्रयोग करके बताता है कि है।

क्यों कोई बताये? तुम हो–यह तो पता चलता है कि नहीं चलता। यह तो बिलीफ नहीं है। यह तो फैक्ट है। तुम्हारा होना तो फैक्ट है न! यह तो बिलीफ नहीं है। यह तो किसी ने नहीं बताया कि तुम हो। यह तुम्हें लग रहा है कि मैं हूं। मैं हूं, यह मुझे लग रहा है, लेकिन यह मुझे पता नहीं चलता कि कौन हूं? यह खोज शुरू करनी चाहिए। इसमें किसी को मानने का कहां सवाल आता है? हमेशा खोज शुरू करनी चाहिए। इसमें किसी को मानने का कहां सवाल आता है? हमेशा खोज फैक्ट से शुरू होनी चाहिए, बिलीफ से शुरू नहीं होनी चाहिए।

तथ्य क्या है? तथ्य यह है कि मैं हूं। मुझे पता नहीं कि भीतर आत्मा है या नहीं। मैं हूं, यह तथ्य है। और यह दूसरा तथ्य है कि मैं नहीं जानता कि मैं कौन हूं। यह तथ्य है सीधे, इसलिए तथ्य से खोज शुरू होनी चाहिए, विश्वास से शुरू नहीं करनी चाहिए।

प्रश्न : यदि कोई जहर को बताये और कहे कि मैंने प्रयोग करके देखा है कि जहर है और हम उसकी बात न मानें और अपने पर प्रयोग करके देखें, तब तो जीवन के भी जाने का खतरा रहेगा। क्या उसकी भी बात नहीं माननी चाहिए?

अगर तुम्हें खोज करनी हो कि जगह है या नहीं, तो प्रयोग करना पड़ेगा। अगर खोज करनी है। लेकिन खोज करनी किसलिए है? और जो जहर पर काम करते हैं, उनको तो प्रयोग करके देखना पड़ेगा। मेरा

मतलब समझीं न! जहर है या नहीं, इसकी खोज तुम्हें किसलिए करनी है? मेरी बात आप नहीं समझीं। अगर आपको कोई जहर में ही ज्ञान उत्पन्न करना हो और जहर के बाबत ही जानकारी करनी हो, तो प्रयोग करना पड़ेगा। दूसरा कोई रास्ता नहीं है। और नहीं तो ऐसी बेवकूफियां चलती रहीं दुनिया में।

अरस्तू इतना बड़ा विचारशील और ज्ञानी आदमी था, उसने लिखा है, स्त्रियों के दांत पुरुषों से कम होते हैं। असल में स्त्री को हमेशा पुरुष से छोटा होना चाहिए। यह नियम की बात है। यानी यह सिद्धांत माना हुआ है। यह बिलीफ की बात है। स्त्री किसी हालत में पुरुष के बराबर नहीं हो सकती।

अरस्तु जैसा विचारशील आदमी, जिसको कहें कि पश्चिम में तर्क का पिता था, उसने किताब में लिख दिया, स्त्री के दांत पुरुष से कम होते हैं। उसकी दो औरतें थीं, एक भी नहीं। लेकिन उसको जरा नहीं सूझा कि उनके दांत गिन ले। एक औरत नहीं थी, दो औरतें थीं। एक में भूल-चूक होती, दूसरे में परीक्षा हो जाती!

और आप हैरान होंगे, एक हजार साल पूरा यूरोप मानता रहा कि स्त्रियों के दांत कम हैं। और किसी मूढ़ को यह खयाल में न आया कि स्त्रियां हमेशा मौजूद हैं, दांत गिन लिए जायें।

एक हजार साल बाद जब जिस आदमी ने दांत गिने पहली औरत के वह घबड़ा गया, बोला, 'यह स्त्री कुछ गड़बड़ है। दांत तो स्त्री के हमेशा कम हैं, यह मामला क्या है?'

और अगर बहुत स्त्रियों के दांत गिने जायें, तो पता चलता है कि अरस्तू ने गिने नहीं। उसके पहले से ही बिलीफ चलती थी, और उसने फिर बिलीफ को लिख दिया। एक खयाल चलता था कि दांत स्त्री के कम होते हैं। फिर कोई जरूरत नहीं पड़ी गिनने की।

प्रश्न : क्या फिर किसी के अनुभव को या आपके अनुभव को मानकर नहीं चलूं?

आपका अनुभव—मेरा अनुभव नहीं। मेरा अनुभव मानकर आप नहीं चल सकतीं।

प्रश्न : किसी के अनुभव को समझना चाहिए न?

समझने और मानने में फर्क हो गया। समझने को मना नहीं करता। समझने को दुनिया खुली है। मानें मत।

मानें तो अपने अनुभव को, क्योंकि मैं जिस जगह तक चला हूं और जहां मेरा पैर है, उसके आगे मैं ही पैर उठा सकता हूं, आप कैसे उसके आगे पैर उठायेंगे? जहां आपका पैर है। अगर हम सीढ़ी पर चढ़ रहे हैं और मैं दस स्टैप पर खड़ा हूं और आप पांच स्टैप पर खड़े हैं और मैं कहता हूं कि मेरा अनुभब है कि दसवें के बाद ग्यारहवां आता है, और आप भी ग्यारहवें पर पैर रखो। तो आप छठवें पर पैर रखोगे, पैर आपको ग्यारहवें पर हो नहीं सकता अभी। मेरे अनुभव के बाद का जो अनुभव होगा वह मेरा होगा। मेरे अनुभव के आगे आप बिकास नहीं कर सकती हैं।

प्रश्न : क्या किसी के काम की जानकारी काम नहीं आ सकती।

काम आपकी जानकारी हो सकती है, आपका ज्ञान नहीं बन सकता। और विश्वास कभी नहीं बनना चाहिए। मेरा आप फर्क समझिए न! आपका ज्ञान तो कभी बन नहीं सकता मेरा जानना, आपकी जानकारी बन सकती है, इनफार्मेशन बन सकता है। लेकिन विश्वास कभी नहीं बनना चाहिए।

प्रश्न : किसी के अनुभव और जानकारी मान लेने से आदमी भटकता नहीं है। और यदि हम मानें, तो भटकते ही रहेंगे!

यह किसने कहा? ये मां-बाप नहीं भटकायेंगे, यह किसने बता दिया आपको? यह अगर चोर का बच्चा हो, चोरी न करे, तो चोर कहेगा, 'रास्ता भटक गया लगता है?' यानी उसका तो मापदंड तय है। मेरा धंधा चलाना चाहिए लड़के को। मैं हूं चोर, तो मेरे लड़के को भी चोरी करनी चाहिए। अगर वह चोरी न करें और संन्यासी हो जाये–लड़का भटक जायेगा? तो रास्ता ही छोड़ दिया।

बच्चे जो हैं–बच्चे भटक जाते हैं। तो हमने यह बात मान ली कि मां-बाप जो हैं, भटके हुए नहीं हैं।

प्रश्न : बच्चे को तो अपना अनुभव करना ही चाहिए न?

बिलकुल अनुभव करना चाहिए। और मां-बाप का यह कर्तव्य है कि बच्चे को अपने में न बांधे। बच्चे को मुक्त होने का मौका दें। और बच्चे को पता चले कि यह मेरा अनुभव है, मैं तुझे कहे देता हूं जानकारी के लिए। तुम्हारे विश्वास के लिए नहीं, तुम्हारे ज्ञान के लिए नहीं। मेरे जीवन में मैंने जो-जो जाना है, वह तुम्हें जानकारी के लिए कहे देता हूं।

लेकिन न तो इस पर विश्वास करना और न इसको ज्ञान मानना। और इसके आगे तुम कदम उठाना, क्योंकि कदम तो तुम उसके आगे उठाओगे तो तुम्हारा अनुभव बनेगा। लेकिन मेरे अनुभव की जानकारी तुम्हारे मस्तिष्क को वृहत करेगी।

विश्वास अगर बन जायेगी, तो वृहत नहीं करेगी, संकुचित कर देगी। अगर मेरे पिता हैं और वे मुझे कहते हैं कि मैंने अपने जीवन में यह यह जाना, अपने अनुभव मैं तुम्हें बताये देता हूं। यह मेरा कर्तव्य है। जो मैंने जाना था अपने अनुभव से, इन्हीं जीवन के अनुभवों से तुम भी गुजरोगे तो तुम्हारा मस्तिष्क विस्तीर्ण होगा, इस जानकारी से। लेकिन इन्हें विश्वास अगर कर लें हम, तो मस्तिष्क विस्तीर्ण नहीं होगा, संकुचित हो जायेगा।

मैं जो कह रहा हूं–विश्वभर का जो ज्ञान है, वह जानकारी है। उससे रोकता नहीं आपको कि आप रुकें उससे। चाहता यह हूं कि जानकारी आपका विश्वास नहीं बनना चाहिए। आपका मन मुक्त होना चाहिए। महावीर को जानें, बुद्ध को जानें, सबको जानें। मन को मुक्त रखें, बांधे मत। खुद अनुभव करें, वह आपका ज्ञान बनेगा।

और यह तभी होगा, जब तथ्य से हम शुरू करें और फैक्ट को पकड़े। बिलीफ से शुरू न करें और नहीं तो ऐसे-ऐसे पागलपन की बातें चलती रहेंगी और चलती रही हैं, अभी भी चल रही हैं–हजारों...। ऐसी नहीं है कि वह अरस्तू ने गलती की थी, और अभी नहीं है। अभी भी चल रही हैं। अभी भी हजारों बातें चल रही हैं। जो निपट मूर्खतापूर्ण हैं।

लेकिन चूंकि उनका विश्वास है और चूंकि हजारों साल की परंपरा का समर्थन है उनको, वे चलती रहेंगी।

प्रश्न : सजगता के विषय में कुछ बताइए।

आमतौर से कैंप में आयें, तभी मामला बनें। वह तो थोड़ा-सा कैंप में आयें, थोड़ा प्रयोग करें, इतना थोड़ा खयाल करें, सजगता को समझने के लिए चित्त की जो अभी अवस्था है, उसको समझना चाहिए। वह मूर्च्छित मालूम होगी। जैसे आप रास्ते पर चले जा रहे हैं, तो चलते वक्त चलते वक्त चलने की क्रिया का आप को होश है, या मन में दूसरी क्रियाएं चल रही हैं। मन में दूसरे काम चल रहे हैं।

अभी मैं यहां बोल रहा हूं! अगर सिर्फ मेरा बोलना ही आप सुन रहे हों, तो यह सजग सुनना होगा। और अगर मेरे बोलने के साथ आपके भीतर दूसरे विचार भी चल रहे हैं, तो यह मूर्च्छित सुनना होगा। यानी जो श्रवण हुआ, वह मूर्च्छित हो गया। क्योंकि आप मालूम तो हो रहे हैं कि मुझे सुन रहे हैं, काम मन में दूसरा कर रहे हैं। आपका चित्त कहीं और ही लगा हुआ है। तो फिर आप की प्रेजेंस मेरे सुनने में पूरी नहीं हो सकती।

यह भी हो सकता है कि एक क्षण को आप अपने मन में इतने गहरे विचार में चले जायें कि आप मुझे सुन ही न पायें। आप बिलकुल ही एबसेंट हो जायें, तो उस हालत में आप सुन रहे हैं—मालूम पड़ रहे हैं, आप सुन रहे हैं। कान में आवाज भी पड़ रही है, सब हो रहा है, लेकिन आप बिलकुल नहीं सुन रहे हैं। यह मूर्च्छित अवस्था हो गयी।

और अगर ऐसी स्थिति आ जाये कि जब आप सुन रहे हैं, तो केवल सुनने की ही क्रिया हो रही है मन में, और कोई क्रिया नहीं हो रही है–तो वह सजगता, वह अवेयरनेस होगी। तब आप जो सुन रहे हैं, वह पूरी अवेयरनेस में सुन रहे हैं।

ऐसा पूरा जीवन हो जाये कि हम जो भी कर रहे हैं, वह विवेक में और सजगता में हो रहा है, तो जीवन में धन्यता आ जाती है। और लेकिन हमारा पूरा जीवन सोया हुआ है। सोये हुए के विरोध में सजगता है। यह सब सोया हुआ काम है। आपको जो मैंने एक धक्का दे दिया और आप में जो गुस्सा आ रहा है, आप सजग हैं उसके प्रति? बिलकुल सोया हुआ काम है। जैसे मैंने बटन दबा दी, पंखा चलने लगा। आपको धक्का मार दिया, आपको गुस्सा आ गया, यह बिलकुल मैकेनिकल है। आपने कोई एक क्षण को सोचा भी हो कि मुझे क्रोध करना कि नहीं करना, ऐसा भी नहीं है। एक भी क्षण को आपको खयाल आया हो कि मुझमें क्रोध पैदा हो रहा है कि नहीं हो रहा है, वह भी नहीं है। बस क्रोध आ गया!

यह मूर्च्छित व्यवहार है, सोया हुआ व्यवहार है। हम जगे हुए मालूम पड़ते हैं। जगे हुए लोग बहुत थोड़े है। मालूम तो हम सब पड़ते हैं कि हम जगे हुए लोग हैं। जब सुबह उठ आये, हाथ-मुंह धो लिये, तो हम सोचते हैं–जगे हुए हैं। बाकी जगे हुए लोग बहुत थोड़े हैं।

जगे हुए होने का अर्थ है कि मन चौबीस घंटे जो भी क्रिया कर रहा हो, उसमें पूर्ण उपस्थिति हो। सजगता का मतलब हुआ, टोटल

प्रेजेंस। जो भी हम कर रहे हैं, अगर आप बुहारी लगा रहे हैं, तो पूरा मन बुहारी लगाने में उपस्थित हो, तो बुहारी लगाना ध्यान हो जायेगा। अगर आप भोजन कर रहे हैं और पूरा मन भोजन करने में उपस्थित हो, तो भोजन करना ध्यान हो जाएगा।

वह जो अभी पूछ रही थीं न–उसके लिए इस भांति क्रियाओं के हम साक्षी हों, पूरा मन वहीं मौजूद हो और हम क्रिया को पूरे जानते हों कि यह हो रहा है।

और इसका जो व्यापक परिणाम होगा, वह यह होगा कि जो भी गलत है, वह आपको होना बंद हो जायेगा। क्योंकि गलत को होने को एक कंडीशन जरूरी है कि मूर्च्छा हो, नहीं तो नहीं हो सकता है। यानी मैंने कहा न, अनीति अपने आप विलीन हो जायेगी। अगर आप सजग हों तो आप कुछ भी नहीं कर सकते जो गलत है।

मैंने तो परिभाषा यह करनी शुरू की : जो मूर्च्छा में ही किया जा सके, वही पाप है। जो सिर्फ मूर्च्छा में ही किया जा सके, सोये हुए ही किया जा सके, वही पाप है। और जाग जाने पर भी करना संभव हो वही पुण्य है। और मैं कोई अर्थ भी नहीं देखता उसमें। नीति अनीति मैं यही मानता हूं इससे ज्यादा नहीं मानता।

सोया हुआ आदमी जो भी कर रहा है, सब अनैतिक होगा। यानी क्या आप सोचते हैं कोई हत्यारा सजग स्थिति में किसी की छाती में छुरा मार सकता है? जागा हुआ, पूरे होश से नहीं मार सकता है। आप हैरान होंगे, हत्यारों ने किसी को मारने के बाद, अनेक हत्यारों ने दो-दो,

तीन-तीन दिन तक वे स्मरण भी नहीं कर सके कि हमने मारा है! पहले तो लोग समझ रहे थे कि ये धोखा दे रहे हैं। अब मनोवैज्ञानिक जानते हैं कि वे धोखा नहीं दे रहे। इतनी गहरी मूर्च्छा पैदा हुई और मारने के बाद वह मूर्च्छा इतनी लंबी चली कि दो-तीन दिन तक वे रिमेम्बर भी नहीं कर पाये कि हमने मारा है। जब उनकी मूर्च्छा टूटी, तब वे कहते हैं : हमने तो नहीं मारा! जैसे कोई सामने में कर आया हो एक काम।

आप भी पछताते हैं न बाद में? एक काम कर लेते हैं, फिर पछताते हैं; और कई दफा लगता है आपको कि मैंने अपने बावजूद यह कर लिया। मैं तो नहीं करना चाहता था, फिर कैसे कर लिया? जब आप नहीं करना चाहते थे, तब कैसे हो जायेगा काम? आप सो गये थे। वह जो जानता था कि क्या है ठीक करना, वह सोया हुआ था। गलती हो गयी।

प्रश्न : जागरण के बाद क्या जानने को कुछ नहीं रह जाता है?

जानने को बहुत रह जाता है, भीतर जानने की इच्छा नहीं रह जाती। जानने को तो यह दुनिया पड़ी है। जानने को तो बड़ी दुनिया पड़ी है। जानने को तो बहुत शेष रह जाता है, लेकिन जानने की जो भीतर प्रवृत्ति है, वह विलीन हो जाती है। इन्क्वायरी विलीन हो जाती है, क्योंकि अब कोई अर्थ नहीं रह जाता, कोई कारण नहीं रह जाता। अब महावीर को ऐसा थोड़े ही खयाल आता होगा कि साइकिल कैसे बनायी जाये, बिजली का पंखा कैसे बनाया जाये! कोई यह न समझे कि महावीर ने आपको जान लिया था, तो उनसे अगर आप पूछने जायें कि

बिजली का पंखा बिगड़ गया, तो इसको ठीक कैसे किया जाये, तो वे बता देंगे! नहीं बता पायेंगे। इसका कोई मतलब नहीं है।

साइंस की दुनिया में तो बहुत जानने को शेष रह जाता है, लेकिन स्वयं की दुनिया में जानने को कुछ शेष नहीं रह जाता। लेकिन होता यह है कि जो स्वयं को जान लेता है, वह इतने आनंद से, इतने आलोक से भर जाता है कि सारा अंधकार उसके भीतर से नष्ट हो जाता है, फिर उसे कोई कारण नहीं रह जाता। जैसे छोटे बच्चे हैं, उनमें कुतूहल होता है हर चीज के प्रति यह कैसा, वह कैसा! लेकिन जैसे तुम प्रौढ़ हो जाते हो, कुतूहल विलीन हो जाता है। छोटे बच्चे में छोटी-छोटी बात की क्यूरिआसिटी होती है कि यह ऐसा क्यों हो रहा है, ऐसा क्यों हो रहा है। लेकिन जैसे ही थोड़े मैच्योर होते हो, थोड़े बड़े होते हो, प्रौढ़ होते-होते वह तुम्हारी क्यूरिआसिटी कहां विलीन हो गयी। समझे न।

ऐसे ही जो व्यक्ति स्वयं को जान लेता है, उसकी और एक प्रौढ़ता आती है, और एक मैच्योरिटी आती है और उसकी यह जिज्ञासा भी विलीन हो जाती है कि फलां क्यों ऐसा नहीं है। जानने को बहुत शेष रहता है, लेकिन जानने की कोई आकांक्षा भीतर शेष नहीं रह जाती, कारण भी नहीं रह जाता।।

असल में हर चीज को जानने की जो चेष्टा है, वह दुख से पैदा होती है। भीतर चित्त दुखी होता है, तो हम सोचते हैं कि शायद इनको जान लें, तो दुख मिट जाये। विज्ञान की सारी जो खोज है, वह दुख के कारण है। इस बात का दुख है, उस बात का दुख है, इस बीमारी का दुख है। तो वैज्ञानिक खोज करता है कि शायद बीमारी के कारण को

हम जान लें, तो फिर बीमारी मिट जाये। गर्मी लगती है, गर्मी का दुख है, तो वैज्ञानिक सोचता है, पंखा चलाया जाये। तो पहले आदमी हाथ से पंखा चलाता है। फिर देखा, आदमी हाथ से पंखा चलाते-चलाते थक जाता है, यह भी दुख है सोच रहे हैं, ऐसी व्यवस्था की जाये कि आदमी की जरूरत न रहे, पंखा चले।

दुख, हमारा खोज में ले जाता है। जो व्यक्ति स्वयं को जान लेता है, उसका दुख विलीन हो जाता है, इसलिए उसकी कोई खोज नहीं रह जाती। मेरा मतलबे समझे न ! जानने को तो बहुत शेष है। सारी दुनिया पड़ी है। लेकिन उसका दुख विलीन हो जाता है, इसलिए जानने का कोई सवाल नहीं रह जाता।

दुख के कारण हम जानने को जाते हैं। अगर महावीर जैसे, बुद्ध जैसे व्यक्ति को बीमारी भी हो जाये, तो दुख नहीं देती। वे अपने को जानते हैं, इसलिए शरीर से भिन्न अनुभव करते हैं।

मेरा मतलब समझे न तुम ! आब्जेक्ट तो बहुत शेष रह जाते हैं, लेकिन भीतर कारण नहीं रह जाता है, चेष्टा नहीं रह जाती है। इसलिए कहा जाता है कि जो अपने को जान लेता है, वह सब जान लेता है। इसका मतलब ऐसा नहीं है कि वह सब जान गया–केमिस्ट्री, फिजिक्स और मैथेमैटिक्स–सब जान गया है। ऐसा नहीं है। उसको मैट्रिक की परीक्षा में बिठाओ, आत्मज्ञानी को, तो फेल हो जाये ! यह मतलब नहीं है।

इस अर्थ में होता नहीं। वह तो 'जिसने स्वयं को जान लिया है, सब जान लिया है' इसका मतलब यह है कि अब उसमें कुछ जानने

की इच्छा न रह गयी, कुछ जानने की इच्छा न रह गयी। सर्वज्ञ का भी मतलब यह है–जिसमें अब कुछ जानने की इच्छा नहीं रह गयी। जब तक जानने की कुछ भी इच्छा शेष है, तब तक मतलब है कि भीतर अज्ञान है, जानने की इच्छा शेष है। सर्वज्ञ का अर्थ है : जिसके भीतर अज्ञान न रह जाने के कारण जानने की कोई इच्छा शेष नहीं रह गयी। इसलिए कहते हैं, जिसने स्वयं को जाना सबको जान लिया।

लेकिन नासमझ तो पक्के हैं हर एक के पीछे। उन्होंने इसका अर्थ लिया कि उन्होंने सब जान लिया। 'सब जान लिया' से झगड़े खड़े हो गये दुनिया में।

क्राइस्ट ने लिख दिया था, जमीन जो है चपटी है। जब वैज्ञानिकों ने खोजा कि जमीन गोल है, तो चर्च खिलाफ खड़ा हो गया। यह तो गड़बड़ हो जायेगा, अगर यह पता चल जाये कि क्राइस्ट को यह भी पता नहीं है। ईश्वर के पुत्र थे और यह भी पता नहीं था कि जमीन गोल है। या चपटी! तो बड़ा अज्ञान सिद्ध हो जायेगा क्राइस्ट का।

तो वैज्ञानिकों को बुलवाया पोप ने और कहा कि 'यह बात बिलकुल गलत है। यह हो ही नहीं सकता। क्योंकि यह सर्वज्ञ ने कहा है, ईश्वर के पुत्र ने कहा है–जो सब जानता था। उसने कहा है, जमीन चपटी है जमीन चपटी ही होगी, जरूर तुम्हारी ही कोई भूल है। जमीन गोल हो ही नहीं सकती।' लेकिन जमीन गोल ही थी, कोई रास्ता न बना। जानकारी बढ़ती गयी। वह जमीन गोल सिद्ध हो गयी।

पादरी, पुरोहित डरा। इसमें एक खतरा जो है, वह क्या है? अगर क्राइस्ट इसमें भूल कर सकते हैं तो और-और चीजों में भूल कर सकते

हैं। यानी यह आदमी इतनी बड़ी भूल कर गया, कोई छोटा ब्लंडर है? यह छोटी भूल है कि इतनी बड़ी जमीन गोल है सदा से और उसने चपटी सिद्ध किया। तो जब इसमें भूल कर सकता है तो हो सकता है, नर्क और परमात्मा आदि के बाबत सब भूल हो। इसलिए हर धर्म का मानने वाला अपने तीर्थंकर को, अपने अवतार को, अपने ईश्वर-पुत्र को कहता है, वह सर्वज्ञ है। क्योंकि अगर एक भी भूल उससे हो सकती है तो फिर बड़ी दिक्कत हो जायेगी, फिर शक पैदा हो जायेगा कि कहीं दूसरी बातों में भी भूल न हो। इसलिए सब धर्म यह कोशिश करते हैं कि उनके ग्रंथ जो हैं, उसमें सब ज्ञान है। उनका तीर्थंकर जो है, वह सर्वज्ञ है। ये दूसरे लोग सारी चेष्टा करके सिद्ध करने की कोशिश करते हैं।

मगर ये चेष्टाएं गलत होती जाती हैं। और नासमझी भी सिद्ध होती जाती हैं। एकदम नासमझी भी सिद्ध होती जाती हैं। और वह इसलिए नासमझी सिद्ध होती जाती हैं कि सर्वज्ञ का अर्थ ही हमने गलत ले लिया है। सर्वज्ञ का अर्थ है : जिसने स्वयं को जाना–पूर्णता में जाना, और अब जानने को कुछ शेष नहीं रहा। उसका यह मतलब नहीं है कि उसने जो सब सारी दुनिया फैली हुई है, वह जान ली। उससे कोई संबंध नहीं है। उस बात का।

प्रश्न : (टेप-रिकार्डिंग अस्पष्ट)

असल बात यह है, हमारे सामने हमेशा च्वाइस का सवाल होता है कि यह करें या न करें? कर सकते हैं कि नहीं कर सकते हैं? उसके सामने कोई च्वाइस का सवाल नहीं होता। तो वह भी जो आपको

कहेगा, वह आपकी च्वाइस में से न चुनेगा। वह आपकी इग्नोरेंस बतायेगा कि इग्नोरेंस की वजह से आप ये चीजें पेश कर रहे हैं।

जैसे कि आप मुझसे एक प्रश्न पूछते हैं। मेरे पास—मैं एक गांव में गया—एक आदमी आया। उन्होंने पूछा कि 'यह दुनिया जो है, ईश्वर ने बनायी कि नहीं बनायी, मुझे बता दीजिए। तो मैंने उनको पूछा कि 'अगर यह पता चल जाये कि ईश्वर ने यह दुनिया बनायी, फिर आप क्या करोगे?' बोले, 'करेंगे क्या! एक जानकारी हो जायेगी।' तो मैंने कहा, 'कितने दिन से यह जानकारी करने की कोशिश चलती है?' उन्होंने कहा, 'जब से युवा हूं, तब से पूछता हूं। अब तो वृद्ध हो गया। बहुत खोजबीन करता हूं इसकी कि ईश्वर ने बनायी दुनिया कि नहीं बनायी।' मैंने उसे कहा, 'जीवन आपने व्यर्थ खो दिया। जिस बात को जानने के बाद और कुछ होना नहीं है। हम जान लेंगे कि ईश्वर ने बनायी या नहीं बनायी, इससे क्या होगा? इससे आपके जीवन में क्या होगा? उन्होंने मेरे सामने विकल्प रखे, ईश्वर ने बनायी या नहीं बनायी? लेकिन मुझे दिखाई पड़ रहा है कि विकल्प कहां से पैदा हो रहे हैं। तो मैं उनके विकल्प का उत्तर नहीं दे सकता हूं। कहूंगा कि यह अज्ञान से विकल्प पैदा हुआ।

ऐसे जैसे घर में एक आदमी को बुखार हो गया हो, बुखार चढ़ गया हो और सन्निपात में चिल्लाने लगा कि मकान उड़ा जा रहा है, और आप खड़े हैं वहां। वह कहने लगे, 'मकान किस दिशा में उड़ रहा है?' तो आप क्या कहोगे? सवाल यह है एक आदमी तो फीवर में है और गड़बड़ा गया है और वह कह रहा है कि मेरा मकान उड़ा जा रहा है।

और पूछने लगे कि मकान किस दिशा में उड़ रहा है उत्तर कि दक्षिण? उसने तो विकल्प रख दिए सामने। अब आप क्या करोगे? यहां आप उत्तर दोगे, उत्तर में या दक्षिण में या खोज करने निकलोगे कि मकान उड़ रहा है या नहीं। आप फौरन डाक्टर को बुलाओगे और कहोगे कि तुम शांति से सोये रहो।

तो अगर आत्मानी के पास जाकर आप पूछो कि यह ऐसा या वैसा, तो वह चिकित्सक का व्यवहार करेगा आपके साथ। यानी आपके साथ शिक्षक का व्यवहार नहीं करेगा।

दो तरह के व्यवहार हैं दुनिया में। एक शिक्षक का व्यवहार है और एक चिकित्सक का व्यवहार है। पंडित जो है, वह शिक्षक का व्यवहार करता है। ज्ञानी जो है, वह चिकित्सक का व्यवहार करता रहा है। और ये व्यवहार बड़े भिन्न हैं और इनकी पूरी दृष्टि भिन्न होती है। इसलिए जो शिक्षक के बहुत आदी हो जाते हैं, चिकित्सक मिल जायें उन्हें, तो बड़ी परेशानी होती है। क्योंकि शिक्षक के जो आदी हो गये हैं, कोई न कोई प्रीचर के आदी हो गये हैं। तो जब कभी उन्हें चिकित्सक मिल जाए, तो उन्हें बड़ी तकलीफ और परेशानी हो जाती है। वह गड़बड़ बातें करता है, क्योंकि हम जो पूछते हैं, वह उत्तर नहीं देता। वह कुछ और गड़बड़ बातें करता है। असल में उसे आपकी बीमारी से मतलब है, आपके प्रश्न से मतलब नहीं है।

अभी मैं एक गांव में गया। एक लड़के को लोग मेरे पास लाये। उसको यह वहम हो गया, कि उसके सिर में तीन मक्खियां घुस गई हैं।

वह पागल हो गया था। मक्खियां सिर में घूम रही हैं! बड़े परेशान थे गांव के लोग। बड़े अच्छे घर का लड़का था। वह जगह-जगह दिखला लाये उसको। उसकी सब परीक्षा हो गई। कोई मक्खी-वक्खी तो है नहीं, कहां घूमेंगी? घूमने की कोई वहां जगह है कि वहां घूम रही हैं। उसमें मक्खी-वक्खी हैं नहीं, इसको वहम है। उस लड़के को वे कहें, 'वहम है।' वह कहता है, 'आप कहते हैं लेकिन मैं कैसे मानूं? मुझे तो मालूम हो रहा है कि घूम रही हैं।'

कोई साधु-संन्यासी गांव में आया, उसके पास ले गये, कि आप समझा दीजिए। गांव में समझदार थे, वे समझायें। तो लोग उसे समझायें कि तुम्हारा वहम है। वह कहे, आप कहते हैं, तो जरूर मुझे लगता है कि कैसे घूमेंगी, लेकिन आपको पता भी कैसे कि मेरे सिर में घूम रही हैं। और जब मैं खुद ही अनुभव कर रहा हूं कि घूम रही हैं, तो मैं क्या करूं?

मैं उस गांव में गया था, तो लोग मेरे पास ले आये थे उसको। वह घबड़ाया हुआ था। क्योंकि हर एक के पास ले जाया जाता रहा था। जो भी आये उसके पास ले जाने का हिसाब चलता था। वहां वह लड़का घबराया हुआ था। वह आया, तो जैसे अपराधी था; एक जगह खड़ा हो गया। मैंने पूछा, 'क्या बात है?' उन्होंने कहा कि 'इसको ऐसा वहम हो गया है कि इसके सिर में तीन मक्खियां घूम रही हैं! मैंने पूछा, 'यह वहम है, यह आपको कैसे पता चला?' लड़का जरा आश्वस्त हुआ। उसने कहा, 'यह आदमी ठीक है!'

मैंने उसके पिता को पूछा, 'यह वहम है, यह आपको कैसे पता चला? जब वह कह रहा है कि घूम रही हैं, तो जरूर घूम रही हैं।' वह लड़का अपने पिता से बोला, 'आप ठीक आदमी के पास मुझे लिवा लाये हैं। सिर में मेरे घूम रही हैं। कोई मेरी मानता नहीं। तभी मुझे यह लगता है कि तुम वहम में हो, तुम्हारा दिमाग खराब है। कौन कहता है, मेरा दिमाग खराब है?' मैंने उसको कहा, 'दिमाग दूसरों का खराब होगा। वे जरूर घूम रही हैं; तुमको पता चल रहा है। तुम बैठो।' मैंने उससे पूछा, 'कितनी मक्खियां हैं।' उसने कहा 'तीन मक्खियां हैं।' मैंने पूछा, 'ठीक से गिनी हैं?' उसने कहा, 'तीन मक्खियां हैं। ठीक से गिनी हैं बिलकुल। मुझे अनुभव भी हो जाता है कि तीन मक्खियां हैं।' 'कब से?' उसने सब बताया और मुझसे बात करता रहा। पिता बड़ा हैरान हुआ। मैं जब कहने लगा जरूर घूम रही हैं, तो पिता थोड़ा घबड़ाया।

उसने कहा, 'यह तो परेशानी मुझे थी। एक लड़का जो है, वैसे खराब खराब है और अब इसको एक सहारा भी है।' तो उसके पिता ने मुझसे कहा, 'आप जरा बाहर आइए। दो मिनट आपसे मुझे बात करनी है।' मुझे बाहर ले गये। कहे, 'आप यह क्या कर रहे हैं। हम तो परेशान हो गये हैं और उसको समझाया है कि मक्खियां नहीं घूम रही हैं और आप कह रहे हैं कि घूम रही हैं, तो मुश्किल हो जायेगी। डाक्टर कहते हैं, मक्खियां नहीं हैं, घूमेंगी कैसे? और वह तो लड़का बड़ा प्रसन्न है आपके पास। वह किसी के पास प्रसन्न नहीं हुआ जाकर। और यह तो खतरा हो जायेगा, क्योंकि घर जाकर वह कहेगा कि ठीक है, प्रमाण मिल गया उसको।'

मैंने कहा, 'मै उससे शिक्षक को व्यवहार नहीं करता हूं। मैं उससे चिकित्सक का व्यवहार कर रहा हूं। आप चले जायें, आप फिक्र छोड़ दें।' मैंने उसको कहा, 'रात मेरे पास रुक जाओ। मैं थोड़ा अनुभव करूं। जरूर घूम रही हैं, तो मुझे भी थोड़ा अनुभव होगा।' तो रात मैं उसके सिर पर हाथ रखे रहा। मैंने सुबह उठकर कहा, 'निश्चित तीन मक्खियां हैं।' वह बहुत प्रसन्न हुआ, आश्वस्त हुआ। वह बड़ा स्वस्थ मालूम हुआ।

उसके पिता से मैंने कहा, 'तीन मक्खियां कहीं से पकड़वा लें और एक शीशी में बंद कर लायें। रात को जब वह सोया, तो एक खाली शीशी उसके पास रखी और मैंने कहा, 'रात कोशिश करेंगे नींद में निकालने की। जहां तक तो आशा है, सुबह तक तो निकल जायेंगी।' सुबह वह शीशी बदल दी और वे तीन मक्खियां बंद वाली शीशी पास रख दी। सुबह प्रसन्न हो गया और मुक्त हो गया।

इसको मैं चिकित्सक का व्यवहार कहता हूं। यह शिक्षक का व्यवहार नहीं है। और फिर दो ही तरह के व्यवहार हो सकते हैं। आप जब मुझसे पूछते हैं, तो मुझे बड़ी दिक्कत होती है। मेरी दिक्कत यह नहीं है कि आप क्या पूछ रहे हैं मेरी दिक्कत यह है कि आप पूछ क्यों रहे हैं? आपके भीतर गड़बड़ कहां हैं? कहां से परेशानी आ रही है... जहां से यह प्रश्न पैदा हो रहा है?

तो मुझे आपका प्रश्न बहुत महत्वपूर्ण नहीं मालूम पड़ता, सिर्फ संकेत मालूम पड़ता है कि भीतर बीमारी कहां है। तो कई दफा हो

सकता है, आपका प्रश्न इधर जाता मालूम पड़े, मेरा उत्तर कहीं जाता मालूम पड़े। कई दफा ऐसा आपको लग सकता है। तो यह तो असंगत हो गयी। असंगत लगेगी, क्योंकि आदत हमारी यह है कि सीधा उत्तर दीजिए आप हमारे प्रश्न का। ईश्वर है या नहीं, इसका सीधा उत्तर दीजिए। आत्मा है या नहीं, इसका उत्तर दीजिए। पुनर्जन्म होता है या नहीं होता, डेस्टिनी होती है या नहीं, इसका उत्तर दीजिए सीधा। आप दूसरी बातें क्यों करते हैं? लेकिन मैं आपसे कहूं, दूसरी बातें ही करनी पड़ेंगी। मुझे उत्तर से कोई मतलब नहीं है। वह आपके पूरे के पूरे मन की चिकित्सा होनी चाहिए। और यह हो सकती है।

प्रश्न : आपने कहा है दमन नहीं करना चाहिए। तो उसके लिए ऊर्ध्वीकरण करना चाहिए? बदलना चाहिए? बताइए क्या करना चाहिए?

क्यों करना चाहती हैं ऊर्ध्वीकरण?

आपने कहा था।

मेरे कहने से करिएगा क्या?

इससे संतोष मिलता है, आनंद मिलता है।

इससे सुख नहीं मिलता। मैं आपकी बात समझ गया हूं। पहली बात यह है कि आप सब्लिमेशन करना क्यों चाहती हैं? समझ लीजिए सेक्स है। इसका क्यों सब्लिमेशन करना चाहती हैं? आप यह बता रही हैं कि समझ लीजिए मुझे कोई प्रेम करता है, दूसरे लोगों को बुरा लगता है, इसलिए मैं प्रेम को सब्लिमेट कर दूं। मुझे वैसा लग रहा है प्रेम? सुखद लग रहा है या दुखद? दूसरों से क्या मतलब? दूसरे गलती में हो सकते हैं। आपके पड़ोसी गलती में हो सकते हैं; जो उन्होंने नीति बनायी

है, नासमझी हो सकती है।

मैं जो कह रहा हूं वह बहुत वैज्ञानिक रूप से पकड़ें।

हमारे भीतर सेक्स की वृत्ति है और हम कहते हैं, इसे हमें ऊर्ध्वीकरण करना है। मैं यह पूछ रहा हूं कि क्यों करना है? क्या सेक्स में सुख नहीं मिल रहा है? या फिर दूसरे ऐसा कहते हैं कि नहीं मिलता, इसलिए आपने मान लिया? अगर इसमें सुख नहीं मिल रहा है, यह आपको अनुभव से आता हो, तो ऊर्ध्वीकरण शुरू हो जायेगा। मेरी बात समझीं? ऊर्ध्वीकरण शुरू हो जायेगा।

जिस चीज में मुझे सुख नहीं मिलेगा, उससे मेरे हाथ खिंचने लगेंगे। लेकिन कठिनाई इसलिए है कि दूसरे ऐसा कहते हैं सुख नहीं मिलता है, ऊर्ध्वीकरण में सुख मिलेगा और मुझे सुख मिलता है। इसलिए सवाल उठता है कि अब मैं सब्लिमेट कैसे करूं?

यह प्रश्न इसलिए उठता है कि मुझसे दूसरे ऐसा कह रहे हैं—गुरु हैं, शिक्षक हैं, संन्यासी हैं, वे समझा रहे हैं कि सेक्स बड़े दुख की बात है। और अगर सेक्स का सब्लिमेशन हो जाये, तो बड़ा सुख मिलेगा। और मेरा अनुभव यह है कि मुझे सेक्स में सुख मिलता है। इससे दिक्कत है। अब मैं यह पूछता हूं कि सेक्स को सब्लिमेट कैसे करूं, ताकि और सुख मिल जाये शायद। लेकिन सेक्स का सब्लिमेशन ही तब होगा, जब आपके अनुभव में यह आये कि सेक्स में सुख नहीं मिलता। दूसरे के कहने से नहीं होगा। मेरी बात समझीं न! कभी भी सब्लिमेशन होता है, प्रत्येक क्षण होता है, प्रत्येक वृत्ति का अगर अनुभव हो।

आप हैरान होंगे। लोगों के बच्चे पैदा हो जायें, जिंदगी गुजार दें,

बूढ़े हो जायें, सेक्स का उन्हें अनुभव नहीं होता। आप समझेंगी, मैं क्या बात कर रहा हूं। सेक्सुअल एक्ट से गुजर जाना सेक्स का अनुभव नहीं है। सेक्स का अनुभव बड़ी और बात है। वह हो ही नहीं सकता आपको। इसलिए नहीं हो सकता कि सेक्स के बाबत जो आपने धारणाएं बना रखी हैं, उनकी वजह से अनुभव में आप प्रेमपूर्ण ढंग से जा नहीं पाते।

अभी मैं एक घर में ठहरा। उस पत्नी ने मुझसे पूछा कि 'मैं पति के प्रति बहुत आदर रखना चाहती हूं। मानती हूं, पति जो है वह परमेश्वर है। लेकिन फिर भी झगड़ा-फसाद हो जाता है। कुछ-न-कुछ गड़बड़ बीच में आ जाती है और कुछ विरोध हो जाता है, संघर्ष हो जाता है। चौबीस घंटे यह जानते हुए कि पति का मुझे आदर करना है, मानते हुए, फिर भी अनादर की बातें हो जाती हैं। क्यों हो जाती हैं?'

जैसा आपने कहा, मेरी दृष्टि तो और है। मैंने उनसे यह पूछा...। बचपन से बच्ची को, बच्चे को हम सिखाते हैं, जाने-अनजाने शिक्षा देते हैं कि यह जो सेक्स है, सबसे घृणित बात है। यह समझाते हैं कि सबसे घृणित बात है। यह सबसे बुरी बात है, इसकी चर्चा ही मत करना, इसकी बात ही मत करना। यह हो ही नहीं दुनिया में, ऐसा मालूम होता है। बाचतीत देखें, किताबें देखें, यह कहीं है ही नहीं। यह इतनी गंदी बात है कि इसकी बात ही मत करना। इस तरह का कोई संबंध किसी से बनाना मत। यह बहुत बुरी, बहुत अनैतिक बात है।

बीस साल तक एक लड़की, सेक्स अनैतिक है, गंदा है, यह सुनकर फिर विवाहित होती है और पति को हम कहते हैं, इसको परमेश्वर मानिए, और यह आदमी उसी कृत्य में उसे ले जा रहा है जो सबसे गंदा है। बीस साल तक सिखाया गया है ! बीस साल तक जो कृत्य सबसे गंदा कहा गया है !

यह जो परमेश्वर समझाया जा रहा है पति, यह उसी कृत्य में उसे ले जायेगा। उसके चित्त की क्या दशा होगी ? इसके प्रति आदर हो कैसे सकता है ? हिंदुस्तान में कोई पत्नी पति के प्रति आदर कर ही नहीं सकती। यह संभव ही नहीं है, असंभव है। बिलकुल झूठी बात है। पति के प्रति उसके मन में घृणा होगी।

और वह पति भी नहीं कर सकता पत्नी को प्रेम। वह तो जानता है। यही तो नर्क का द्वार है। कभी भी नर्क के द्वार को कोई प्रेम करता है ? वह प्रेम की बातें करेगा, भीतर नर्क का द्वार जानेगा। और सेक्स की जो वृत्ति है वह नैसर्गिक; उससे छुटकारा नहीं। बस इस चक्कर में सारी बात डोलेगी और तब उसके पच्चीस-पच्चीस प्रश्न खड़े हो जायेंगे और वह प्रश्न पूछे और असली बात पूछेगा, लेकिन असली बात कहां बैठेगी। और फिर वह सोचेगा, 'कैसे सब्लिमेशन हो ? यह कैसी गंदगी में मैं पड़ गया हूं–फलाना-ढिकाना।' और ये सब झूठी बातें हैं। असली बात कुछ और है।

मेरा कहना यह है कि सेक्स एक नैसर्गिक बात है। इसके प्रति दुर्भाव छोड़ दें। इसके प्रति कोई भी दुर्भाव रखना बहुत खतरनाक है।

यह दुर्भाव पूरे जीवन को नष्ट कर देगा, और नष्ट कर देता है। दुर्भाव बिलकुल छोड़ दें। जानें कि एक नैसर्गिक शक्ति है। इसको अनुभव करें। इसे पूरी सरलता से अनुभव करें। दुर्भाव हुआ, तो मन सरल नहीं रह जाता है। हम तैयार हो गये कि यह गलत चीज है और फिर भी करनी पड़ रही है। खींच भी रहे हैं आने को और कर भी रहे हैं। कर भी रहे हैं, दुखी भी हो रहे हैं। ऐसे सब गड़बड़ हो जायेगा।

नहीं; बहुत सहज भाव से...। जैसे आंखें मिली हैं मुझे, हाथ-पैर मिले हैं, वैसे ही सेक्स भी मिला है। यह भी उतना ही नैसर्गिक है। इसमें कुछ पाप नहीं है चाहे दुनिया कुछ भी कहती हो, यह नैसर्गिक है। इसको वह जो सेक्सुअल एक्ट है, उसको भी बड़े प्रेम से बड़ी सहजता से, बड़े निर्दोष मन से देखें। समझें कि उसमें क्या रस है और क्या आनंद है? और आप धीरे-धीरे अनुभव करेंगे कि कोई भी रस नहीं है, और कोई भी आनंद नहीं है। और तब उस कृत्य से मुक्ति शुरू हो जायेगी।

प्रश्न : आप इसको निर्दोष कहते हैं, लेकिन इससे दोष शुरू हो जायेगा।

मतलब यह है कि आपका माइंड तो बन चुका है न! अभी मैं कहीं जाऊं और एक लड़की मेरे साथ जा रही हो, तो आपके मन में लगेगा कि अरे, इनके साथ यह लड़की कैसे जा रही है? यह भाव है। अगर मुझे थोड़ा आप... मेरे प्रति थोड़ी दया हुई आपकी, तो आप कहेंगे कि इस लड़की को साथ मत ले जाइए, नहीं तो लोग न मालूम क्या सोच लेंगे।

अभी एक लड़की मेरे साथ जाती थी, तो एक वृद्ध ने मुझसे कहा, 'इन्हें वहां मत ले जाइए। जिस गांव में आप जा रहे हैं, उस गांव में बड़े आर्थोडाक्स लोग हैं। आप जायेंगे तो वे पूछेंगे, यह कौन लड़की है आपके साथ? और किसी ने अगर यह पूछ लिया कि आपकी कौन लगती है, तो क्या कहिएगा?' मैंने कहा, 'मैं कहूंगा यह मुझे प्रेम करती है। यह मेरे साथ जाती है।' उन्होंने कहा, 'यह आप किसी को भूलकर कहना ही मत, नहीं तो बड़ा गड़बड़ हो जायेगा, मामला ही सब गड़बड़ हो जायेगा। आपकी सब इज्जत ही मिट जायेगी।

यह जो हमारे दिमाग में, यह जो हमारी बुद्धिहीन स्थिति है और यह जो हममें जड़ता पकड़ी हुई है, यह हमें कष्ट दे रही है। और भगवान को खोजने जा रहे हैं। और बुद्धि यहां अटकी हुई है सारी, इन सब बेवकूफियों में। और वह खुद पैदा किये हुए हैं।

मैं बड़ी तकलीफ में हूं। तकलीफ में यह हूं कि आपके असली मसले नहीं हैं आपके सामने असली मसले बहुत गहरे में बैठी हुई बातें हैं और वे जड़ से खोदे डाल रहे हैं। उनको हम छिपाकर और दूसरे मसले चर्चा कर रहे हैं। वह सब तोड़ना है।

अभी कुछ नहीं बिगड़ा है। कोई भी दिन शुरूआत करिए वह दिन नया है। छोड़ दीजिए दुर्भाव अपने प्रति। आप पति के प्रति और तरह का भाव अनुभव करेंगे। वह दुश्मन नहीं रह जाएगा। वह आदमी नहीं रह जायेगा। आपके पूरे आसपास की हवा में फर्क हो जायेगा। आपका बच्चों के प्रति प्रेम होगा। कभी कोई मां सेक्स को बुरा मानती हुई बच्चे

को कैसे प्रेम करेगी? क्योंकि वह सेक्स की ही तो प्रोडेक्ट है। यह उसी घृणित काम का ही तो फल है। तो वह दिखाये भी ऊपर से कि बड़ा प्रेम है, लेकिन बहुत गहरे में तो जानेगी। और इसलिए वह जो संन्यासी है, जो ब्रह्मचारी है, उसके पैर छुयेगी कि यह आदमी ऊंचा है। पति के कैसे पैर छुयेगी। अगर छुयेगी, तो जबरदस्ती छुयेगी। तो वह आदमी परमात्मा का हो ही कैसे सकता है! तो अगर संन्यासी के बाबत पता चल जाये कि किसी स्त्री से उसका प्रेम है, तो सारा आदर खत्म! वे तो वह हो गये, जैसे हम उन्हें नहीं जानते थे। मामला खत्म हो गया। यह जो हमारा माइंड है बिलकुल सड़ गया है। पूरी सड़ांध को तोड़ना बड़ा कठिन है। लेकिन प्रयोग करना पड़ेगा।

प्रश्न : संभोग व्यर्थ लगता है, लगता है कि यह नहीं चाहिए!

यह जो आप अनुभव करती हैं कि नहीं चाहिए, यह बिलकुल झूठ है। यह झूठ इसलिए है कि अनुभव से नहीं है। वह कंडेमनेशन पहले बैठा हुआ है। इसलिए प्रतीत होगा आपको सौ में निन्यानबे मौके में। और अगर स्वयं के अनुभव से प्रतीत होगा, तो आप बहुत हैरान हो जायेंगे अगर आपको यह अनुभव से प्रतीत हो जाये, तो मैं आपको...।

इस पर मैं एक पूरा कैंप अलग लेने की सोचता हूं। ब्रह्मचर्य पर। पूरा चुकता कैंप लेने की सोचता हूं ब्रह्मचर्य पर आपसे चर्चा कर सकूं। अगर आपको यह अनुभव से पता चल जाये–आपके अनुभव से–तो आप हैरान हो जायेंगे। अब अगर मैथुन की स्थिति में पति और पत्नी

पड़े हों और पत्नी को स्पष्ट अनुभव हो कि यह एक्ट बिलकुल व्यर्थ है, तो थाट ट्रांसफर हो जाता है, फौरन पति पर। वह इतना शांत क्षण होता है मन का और इतना मौन क्षण होता है... अगर पत्नी को उस वक्त खयाल आ जाये कि व्यर्थ है, या पति को खयाल आ जाये, तो दूसरे को, जो दूसरा उस वक्त उसके साथ उसको, फौरन यह अनुभव में आना शुरू होगा कि यह व्यर्थ है।

आप प्रयोग करके देख सकते हैं, जो मैं कह रहा हूं। और पत्नी और पति में से अगर एक को सेक्स व्यर्थ हो जाये, तो दूसरे को अपने आप हो जायेगा। लेकिन कंडेमनेशन से अगर हो...।

हमको पहले से ही पता है कि गंदी चीज है! और स्त्रियां जो हैं, वे ज्यादा जिसको कहें सम्मोहन-प्रवण हैं। इसलिए समाज जो बेवकूफियां पुरुषों और स्त्रियों को सिखाता है, उन्हें स्त्रियां ज्यादा सीखती हैं, पुरुष कम सीखते हैं। यही वजह है कि साधुओं की संख्या कम और साध्वियों की संख्या ज्यादा है।

बच्चों को हम सिखाते हैं, बच्चियों को भी हम सिखाते हैं कि सेक्स गंदा है। लेकिन बच्चे उतने गहरे कभी नहीं सीख पाते जितनी कि बच्चियां सीख लेती हैं। वह सीखने की जो क्षमता है, किसी चीज को ग्रहण करने की जो क्षमता है स्त्रियों की पुरुषों से ज्यादा है; और इसलिए वे दोनों चाक अलग-अलग हो जाते हैं गाड़ी के और बड़ी गड़बड़ी पैदा होती है।

पहली तो बात यह है कि किसी भी प्रवृत्ति के प्रति बहुत सहज हो जायें। और समाज ने कुछ भी सिखाया हो, उसे अलग करें और सोचें

कि मैं कैसे जानूं कोई भी वृत्ति–तब आपका जो अनुभव होगा, वह बड़ा गहरा होगा, बड़ा और होगा, बहुत दूसरी तरह का होगा।

अभी अनुभव तो खुद का होता रहेगा। और चित्त यह कहता रहेगा–यह क्या पाप है। पाप की वजह से दुख मालूम हो सकता है, लेकिन वह दुख है नहीं। भीतर सुख है, भीतर सुख की संवेदना सरक रही है। और ऊपर से वह पाप की वजह से दुख मालूम होता है।

यह दुख मालूम होना इंटेलेक्चुअल है; सुख मालूम होना बिलकुल इन्सटिंक्ट है। तो गहरे में सुख मालूम होता है, और उथले में दुख मालूम होता है। इससे फिर चित्त जो है, अलग-अलग पटरी पर, विरोध में पड़ जाता है।

मैं कहता हूं : सब्लिमेशन होता है, सब्लिमेशन किया नहीं जाता। आपका जैसे-जैसे ज्ञान विकसित होता है वृत्ति के बाबत, वह सब्लिमेट होने लगती है। सब्लिमेशन जो है वह किया नहीं जाता–हो जाता है।

मेरा पूरा जोर यह है कि जीवन में जो भी महत्वपूर्ण है, वह ज्ञान के माध्यम से होता है–किया नहीं जाता है। और जब भी आप पूछते हैं, 'कैसे करें!'

तो मैं जानता हूं, चित्त जो है, समाज के सिखाये हुए वजह से परेशान हो रहा है और पूछ रहा है–'कैसे करें।'

प्रश्न : वह बंधी हुई व्यवस्था जो है समाज की, वह गड़बड़ी में नहीं पड़ जायेगी?

कोई गड़बड़ में नहीं पड़ेगी, जरा भी गड़बड़ में नहीं पड़ेगी। बहुत सुंदर हो जायेगी। गड़बड़ तो है। अभी गड़बड़ है। और इससे ज्यादा गड़बड़ कुछ नहीं हो सकती है। मैं कल्पना नहीं कर सकता, इससे ज्यादा गड़बड़ और क्या हो सकती है, अभी जो है?

अभी एक कालेज में बोलने गया था। वहां मैं कुछ बोला, तो उन लड़कों में से एक ने मुझसे पूछा कि 'आप जो कह रहे हैं, अगर यह हुआ, तो सब गड़बड़ हो जायेगा!' तो मैंने उसे पूछा, 'क्या बता सकते हो, इससे गड़बड़ समाज कैसा होगा?' मैंने कहा, 'यह समाज है, इससे ज्यादा गड़बड़ कैसे हो सकता है! क्या तुम कल्पना दे सकते हो मुझे?' वह थोड़ा खड़ा रह गया। उसने कहा, 'यह मैंने कभी खयाल नहीं किया। लेकिन सोचता हूं, बात ठीक है। इससे गड़बड़ और क्या हो सकता है।' मतलब यह कि सातवें नर्क में हम खड़े हैं, अब और नीचे कौन-सा नर्क हो सकता है। इसलिए पतन का तो कोई डर नहीं है, इसके लिए मत घबड़ाइए। पतन का कोई डर नहीं है।

प्रश्न : हमें इतनी जकड़ी हुई हैं पुरानी बातें कि हम परिवर्तन नहीं कर पाते। इसका कारण क्या है?

उसकी वजह कई हैं, बहुत वजह हैं। नहीं ग्रहण कर पाते, ग्रहणशील मन नहीं है। बहुत भीतर बातें बैठी हैं, इसकी वजह से कुछ ग्रहण नहीं हो पाता है, कुछ ग्रहण नहीं हो पाता है।

मनुष्य का मन इतना आसान मामला नहीं है, जैसा यह भजन-कीर्तन करनेवाले समझते हैं कि अपने बैठे, भजन-कीर्तन किया—मामला हल हो

गया! गये माला फेरी–सब मामला हल हो गया। साधु महाराज की सेवा की–सब ठीक हो गया! इतना आसान मामला नहीं है। मन बहुत जटिल है और उसके बड़े तल हैं। उन सारे तलों पर बिना प्रयोग किये कुछ नहीं होता, कभी नहीं सकता है। ये सब इतनी बचकानी बातें हैं, लेकिन वे इतनी महत्वपूर्ण मालूम हो रही हैं; कुछ इससे होनेवाला नहीं है जीवन का असली तथ्य और असली समस्या पकड़नी है, और उसको खोजना और उस पर प्रयोग करना है। हो सकता है, अभी सबके सामने रखे भी नहीं गये हैं, इसलिए कठिनाई है। इसकी भी कठिनाई है कि हमें तथ्यों का भी पता नहीं है कि क्या, क्या नहीं है।

और जीवन के प्रति बहुत असहज भाव सिखाया गया है, बहुत असहज भाव। उसे सहज भाव से लेने का मन ही नहीं रहा, कोई जरा भी मन नहीं रहा। मेरा तो खयाल है कि जीवन पूरी सहजता में ले लिया जाये, पूरी सहजता में–तो जीवन ही मार्ग बन जाता है। और पूरी सहजता में अगर जीवन को अनुभव किया जाये, तो उसी सहजता में मुक्ति अपने आप चली जाती है; वह कहीं से लानी नहीं पड़ती है।

प्रश्न : अपने हिसाब से, गांव में जो जाट लोग रहते हैं, आराम से रहते हैं!

नहीं, नहीं। यह भी किसने कहा कि आनंद से रहते हैं? बिलकुल नहीं। आप गलती में हैं। फिर से जाकर देखिये। ये सब हमारी प्रचलित कुछ बड़ी अजीब बातें हैं।

होता यह है कि शहर के लोग सोचते हैं, गांव में बड़ा आनंद है। गांव के लोग सोचते हैं, शहर में बड़ा आनंद है। गांव के लोग मुझसे

कहते हैं कि शहरवालों की आंखों में बड़ी खुशी है, बड़ा आनंद है, बड़ी महत्वकांक्षा दिखायी पड़ती है। मैं दोनों को जानता हूं। और चूंकि मैं न गांववाला हूं और न शहरवाला हूं, इसलिए बहुत आसानी है जानने की। मेरा कोई सवाल नहीं है कि वहां सुख है या यहां सुख है। कोई सुखी नहीं है।

अगर गांववाले गांव में सुखी हों, तो शहर कभी पैदा ही नहीं हों। आप कैसे शहर की तरफ चले आये। और वह तो गांव है, वह भी मिटता जा रहा है और शहर की तरफ आता चला जा रहा है। और एक दिन जमीन पर गांव नहीं रह जायेगा। यह हो कैसे गया? अगर गांव के लोग सुखी थे तो यह कैसे संभव हुआ कि सब शहर की तरफ चले आ रहे हैं? गांव नष्ट हो रहा है और शहर बसता चला जा रहा है। और अगर गांव के लोग सुखी हैं तो कौन आपसे कह रहा है कि आप शहर में बसे रहे? कौन आपको शहर में रोक रहा है? चले जायें गांव में। लेकिन शहर से कोई गांव में नहीं जा रहा है, और गांव से लोग शहर चले आ आ रहे हैं।

हमको हमेशा ऐसा लगता है कि जहां हम हैं, वहां बड़ा दुख है और जहां हम नहीं हैं, वहां बड़ा सुख है। क्यों? क्योंकि दूसरे दुख हमें तो दिखायी नहीं पड़ते, कि उसकी पीड़ा, उसकी परेशानी, उसकी समस्याएं, उसकी कठिनाइयां क्या हैं? उसके जीवन का क्या संताप है– वह हमें दिखायी नहीं पड़ता। और कोई बैलगाड़ी में बैठने से सरल थोड़े ही हो जाता है? या कोई छोटे झोपड़े में रहने से सरल हो जाता है? या कोई खादी के कपड़े पहनने से सरल हो जाता है?

सरलता और जटिलता तो मन की बात है, और मन गांववाले का और शहरवाले का भिन्न नहीं है। न कोई यूनिवर्सिटी में शिक्षा पाने से मन में भिन्नता हो जाती है। इससे कोई फर्क नहीं पड़ता। यह वही का वही है। वह हिसाब वही करता है, उसमें कोई फर्क नहीं पड़ता है।

एक आदमी के हाथ में छुरा और एक आदमी के हाथ में तलवार है। तो छुरेवाला क्या सरल है? तलवारवाला कोई कठिन है? दोनों को गाली दीजिए, जिसके पास छुरा है, वह छुरा उठा लेगा; जिसके पास तलवार है वह तलवार उठा लेगा। वह जो आदमी एटम बम उठा रहा है, वह वही का वही आदमी है जो तीर-कमान उठा लेता था। इसमें कोई फर्क थोड़े ही है।

तो माइंड में कोई फर्क नहीं है, एटम में और तीर-कमान में फर्क है। मेरा आप मतलब समझे न! आप शहर में हैं, आपके पास छोटी कार है, तो जैसे आप दुखी हैं, वैसे ही गांव में जिसके पास छोटी गाड़ी है, वह दुखी है। आप शहर में हैं। आपके पास छोटा मकान है, तो आप परेशान हैं। गांव में जिसके पास बैल नहीं हैं, वह उतना ही परेशान है। वह जो फर्क है, वह जो चित्त की जो जगह है, उसमें तो कोई फर्क नहीं पड़ता–पड़ नहीं सकता।

प्रश्न : गांववालों में सरलता होती है।

किसने कहा आपको, किसने कहा? मैं तो आज तक खोज कर नहीं पा सका। यानी ये वहम प्रचलित किये गया है। लोग समझाते फिरते हैं। मुझे जरा भी सरलता नहीं मिलती। कौन कहता है कि उनमें सरलता है,

और किस भांति की सरलता है? हम कहते हैं बातें, तो लगती हैं कि बड़ी बात है, फर्क कुछ नहीं है—कुछ भी नहीं है। ये मामले सब झूठे हैं। कोई सरलता-वरलता नहीं है। और नहीं तो बड़ा आसान नुस्खा है। शहर मिटा दिये जायें, दुनिया सरल हो जायेगी। कोई झंझट ही नहीं है। बहुत आसान बात है। दुनिया में जब गांव ही गांव थे, दुनिया बड़ी सरल थी, तो बुद्ध किसके खिलाफ बोलते थे, महावीर किसके खिलाफ बोल रहे थे, किसको समझा रहे थे! वे सब तो गांव ही गांव में थे।

महावीर का पूरा उपदेश चालीस साल का गांव में हो रहा है, देहातों में और वहां भी वे समझा रहे हैं कि चित्त को सरल कर लो। तो किसको समझा रहे थे? पागल थे क्या? जब गांव में सब सरल थे—अभी सरल हैं; तो पच्चीस सौ साल पहले तो बिलकुल ही सरल रहे होंगे।

आप हैरान हो जाओगे—आप पुरानी से पुरानी किताब खोज लो, पुरानी जो किताब है, चीन में कोई छह हजार वर्ष पुरानी, चमड़े पर लिखी हुई—उसमें भी लिखा हुआ है, 'पहले दुनिया बहुत सरल थी।' उसमें लिखा हुआ है कि पहले के लोग बड़े अच्छे थे और अब दुनिया बिलकुल विकृत हो गयी है और अब कोई आदमी अच्छा नहीं है।

छह हजार वर्ष पुरानी किताब में भी यही लिखा हुआ है। बुद्ध भी यही कहते हैं, महावीर भी यही कहते हैं कि पहले लोग बड़े सरल थे, अब लोग बड़े गड़बड़ हो गये हैं। पहले बड़ा धर्म था, अब बड़ा अधर्म हो गया है। अगर आप दस हजार साल पहले पहुंच सको, दस लाख साल पहले, तो भी लोग यही कहेंगे कि पहले दुनिया बहुत अच्छी थी, अब दुनिया बहुत बिगड़ गयी है।

असल में जहां हम नहीं रह जाते हैं, लगता है, वहां सब अच्छा रहा होगा। जहां हम होते हैं, वहां लगने लगता है, सब गड़बड़ हो गयी है।

मैं नहीं मानता हूं—मैं नहीं मानता। मनुष्य के मन में कोई शहर, देहात से फर्क नहीं पड़ता। कपड़े-लत्तों से फर्क नहीं पड़ता। सदियों से फर्क नहीं पड़ता कि कोई बीसवीं सदी में रह रहा है, कोई दसवीं सदी में, तो फर्क पड़ जाता है। कोई फर्क नहीं पड़ता। माइंड में फर्क तो सिवाय साधना के और किसी रास्ते से पड़ता नहीं।

ओशो—एक परिचय

बुद्धत्व की प्रवाहमान धारा में ओशो एक नया प्रारंभ हैं, वे अतीत की किसी भी धार्मिक परंपरा या श्रृंखला की कड़ी नहीं हैं। ओशो से एक नये युग का शुभारंभ होता है और उनके साथ ही समय दो सुस्पष्ट खंडों में विभाजित होता है : ओशो पूर्व तथा ओशो पश्चात।

ओशो के आगमन से एक नये मनुष्य का, एक नये जगत का, एक नये युग का सूत्रपात हुआ है, जिसकी आधारशिला अतीत के किसी धर्म में नहीं है, किसी दार्शनिक विचार-पद्धति में नहीं है। ओशो सद्यःस्नात धार्मिकता के प्रथम पुरुष हैं, सर्वथा अनूठे संबुद्ध रहस्यदर्शी हैं।

मध्यप्रदेश के कुचवाड़ा गांव में 11 दिसंबर 1931 को जन्मे ओशो का बचपन का नाम रजनीश चन्द्रमोहन था। उन्होंने जीवन के प्रारंभिक काल में ही एक निर्भीक स्वतंत्र आत्मा का परिचय दिया। खतरों से खेलना उन्हें प्रीतिकर था। 100 फीट ऊंचे पुल से कूदकर बरसात में उफनती नदी को तैर कर पार करना उनके लिए साधारण खेल था। युवा

ओशो ने अपनी अलौकिक बुद्धि तथा दृढ़ता से पंडित-पुरोहितों, मुल्ला-पादरियों, संत-महात्माओं–जो स्वानुभाव के बिना ही भीड़ के अगुवा बने बैठे थे–की मूढ़ताओं और पाखंडों का पर्दाफाश किया।

21 मार्च 1953 को इक्कीस वर्ष की आयु में ओशो संबोधि (परम जागरण) को उपलब्ध हुए। संबोधि के संबंध में वे कहते हैं : 'अब मैं किसी भी प्रकार की खोज में नहीं हूं। अस्तित्व ने अपने समस्त द्वार मेरे लिए खोल दिये हैं।'

उन दिनों वे जबलपुर के एक कालेज में दर्शनशास्त्र के विद्यार्थी थे। संबोधि घटित होने के पश्चात भी उन्होंने अपनी शिक्षा जारी रखी और सन 1957 में सागर विश्वविद्यालय से दर्शनशास्त्र में प्रथम श्रेणी में प्रथम (गोल्डमेडलिस्ट) रह कर एम.ए. की उपाधि प्राप्त की। इसके पश्चात वे जबलपुर विश्वविद्यालय में दर्शनशास्त्र के प्राध्यापक पद पर कार्य करने लगे। विद्यार्थियों के बीच वे 'आचार्य राजनीश' के नाम से अतिशय लोकप्रिय थे।

विश्वविद्यालय के अपने नौ सालों के अध्ययन-काल के दौरान वे पूरे भारत में भ्रमण भी करते रहे। प्रायः 60-70 हजार की संख्या में श्रोता उनकी सभाओं में उपस्थित होते। वे आध्यात्मिक जन-जागरण की एक लहर फैला रहे थे। उनकी वाणी में और उनकी उपस्थिति में वह जादू था, वह सुगंध थी, जो किसी पार के लोक से आती है।

सन 1966 में ओशो ने विश्वविद्यालय के प्राध्यापक पद से त्यागपत्र दे दिया, ताकि अस्तित्व ने जिस परम भगवत्ता का खजाना उन पर लुटाया है। उसे वे पूरी मानवता को बांट सकें और एक नये मनुष्य को जन्म देने की प्रक्रिया में समग्रतः लग सकें।

ओशो का यह नया मनुष्य 'ज़ोरबा दि बुद्धा' एक ऐसा मनुष्य है। जो ज़ोरबां की भांति भौतिक जीवन का पूरा आनंद मनाना जानता है। और जो गौतम बुद्ध की भांति मौन होकर ध्यान में उतरने में भी सक्षम है–ऐसा मनुष्य जो भौतिक और आध्यात्मिक, दोनों तरह से समृद्ध है। 'ज़ोरबा दि बुद्धा' एक समग्र व अविभाजित मनुष्य है। इस नये मनुष्य के बिना पृथ्वी का कोई भविष्य शेष नहीं है।

सन 1970 में ओशो बंबई में रहने के लिए आ गये। अब पश्चिम से सत्य के खोजी भी जो अकेली भौतिक समृद्धि से ऊब चुके थे और जीवन के किन्हीं और गहरे रहस्यों को जानने और समझने के लिए उत्सुक थे, उन तक पहुंचने लगे। ओशो ने उन्हें देशना दी कि अगला कदम ध्यान है। ध्यान ही जीवन में सार्थकता के फूलों के खिलने में सहायोगी सिद्ध होगा।

इसी वर्ष सितंबर में, मनाली (हिमालय) में आयोजित अपने एक शिविर में ओशो ने नव-संन्यास में दीक्षा देना प्रारंभ किया। इसी समय के आसपास वे आचार्य रजनीश से भगवान श्री रजनीश के रूप में पहचाने जाने लगे।

सन 1974 में वे अपने बहुत से संन्यासियों के साथ पूना आ गये जहां 'श्री रजनीश आश्रम' की स्थापना हुई। पूना आने के बाद उनके प्रभाव का दायरा विश्वव्यापी होने लगा।

श्री रजनीश आश्रम पूना में प्रतिदिन अपने प्रवचनों में ओशों ने मानव-चेतना के विकाश के हर पहलू को उजागर किया। बुद्ध, महावीर, कृष्ण, शिव, शांडिल्य, नारद, जीसस के साथ-ही-साथ भारतीय अध्यात्म-आकाश के अनेक नक्षत्रों–आदि शंकराचार्य, गोरख, कबीर, नानक,

मलूकदास, रैदास, दरियादास, मीरा आदि पर उनके हजारों प्रवचन उपलब्ध हैं। जीवन का ऐसा कोई भी आयाम नहीं है जो उनके प्रवचनों से अस्पर्शित रहा हो। योग, तंत्र, ताओ, झेन, हसीद, सूफ़ी जैसी विभिन्न साधना-परंपराओं के गूढ़ रहस्यों पर उन्होंने सविस्तार प्रकाश डाला है। साथ ही राजनीति, कला, विज्ञान, मनोविज्ञान, दर्शन, शिक्षा, परिवार, समाज, गरीबी, जनसंख्या-विस्फोट, पर्यावरण तथा संभावित परमाणु युद्ध के व उससे भी बढ़कर एड्स महामारी के विश्व-संकट जैसे अनेक विषयों पर भी उनकी क्रांतिकारी जीवन-दृष्टि उपलब्ध है।

शिष्यों और साधकों के बीच दिए गए उनके ये प्रवचन छह सौ पचास से भी अधिक पुस्तकों के रूप में प्रकाशित हो चुके हैं और तीस से अधिक भाषाओं में अनुवादित हो चुके हैं। वे कहते हैं, "मेरा संदेश कोई सिद्धांत, कोई चिंतन नहीं है। मेरा संदेश तो रूपांतरण की एक कीमिया, एक विज्ञान है।"

ओशो अपने आवास से दिन में केवल दो बार बाहर आते–प्रातः प्रवचन देने के लिए और संध्या समय सत्य की यात्रा पर निकले हुए साधकों को मार्गदर्शन एवं नये प्रेमियों को संन्यास-दीक्षा देने के लिए।

सन 1980 में कट्टरपंथी हिंदू समुदाय के एक सदस्य द्वारा उनकी हत्या का प्रयास भी उनके एक प्रवचन के दौरान किया गया।

अचानक शारीरिक रूप से बीमार हो जाने से 1981 की वसंतु ऋतु में वे मौन में चले गये। चिकित्सकों के परामर्श पर उसी वर्ष जून में उन्हें अमरीका ले जाया गया। उनके अमरीकी शिष्यों ने ओरेगॉन राज्य के मध्य भाग में 64,000 एकड़ जमीन खरीदी थी, जहां उन्होंने ओशो को रहने के लिए आमंत्रित किया। धीरे-धीरे यह अर्ध-रेगिस्तानी जगह एक

फूलते-फलते कम्यून में परिवर्तित हो गई। वहां लगभग 5,000 प्रेमी मित्र मिल-जुल कर अपने सद्गुरु के सान्निध्य में आनंद और उत्सव के वातावरण में एक अनूठे नगर में सृजन को यथार्थ रूप दे रहे थे। शीघ्र ही यह नगर रजनीशपुरम नाम से संयुक्त राज्य अमरीका का एक निगमीकृत (इन्कार्पोरेटेड) शहर बन गया। किंतु कट्टरपंथी ईसाई धर्माधिशों के दबाब में व राजनीतिज्ञों के निहित स्वार्थवश प्रारंभ से ही कम्यून के इस प्रयोग को नष्ट करने के लिए अमरीका की संघीय, राज्य और स्थानीय सरकारें हर संभव प्रयास कर रही थीं।

जैसे अचानक एक दिन ओशो मौन हो गये थे, वैसे ही अचानक अक्टूबर 1984 में उन्होंने पुनः प्रवचन देना प्रांरभ कर दिया। जीवन-सत्यों के इतने स्पष्टवादी व मुखर विवेचनों से निहित स्वार्थों की जड़ें और भी चरमराने लगीं।

अक्तूबर 1985 में अमरीकी सरकार ने ओशो पर आप्रवास-नियमों के उल्लंघन के 35 मनगढंत आरोप लगाए। बिना किसी गिरफ्तारी-वारंट के ओशों को बंदूकों की नोक पर हिरासत में ले लिया गया। 12 दिनों तक उनकी जमानत स्वीकार नहीं की गयी और उनके हाथ पैर में हथकड़ी व बेड़ियां डालकर उन्हें एक जेल से दूसरी जेल में घुमाते हुए पोर्टलैंड (ओरेगॅन) ले जाया गया। इस प्रकार, जो यात्रा कुल पांच घंटे की है वह आठ दिन में पूरी की गयी। जेल में उनके शरीर के साथ बहुत दुर्व्यवहार किया गया और यहीं संघीय सरकार के अधिकारियों ने उन्हें 'थेलियम' नामक धीमे असर वाला जहर दिया।

14 नवंबर 1985 को अमरीका छोड़कर ओशो भारत लौट आये। यहां की तत्कालीन सरकार ने भी उन्हें समूचे विश्व से अलग-थलग कर

देने का पूरा प्रयास किया। तब ओशो नेपाल चले गये। नेपाल में भी उन्हें अधिक समय तक रुकने की अनुमति नहीं दी गयी।

फरवरी 1986 में ओशो विश्व-भ्रमण के लिए निकले जिसकी शुरुआत उन्होंने ग्रीस से की, लेकिन अमरीका के दबाव के अंतर्गत 21 देशों ने या तो उन्हें देश से निष्कासित किया या फिर देश में प्रवेश की अनुमति ही नहीं दी। इस तथाकथित स्वतंत्र व लोकतांत्रिक देशों में ग्रीस, इटली, स्विट्ज़रलैंड, स्वीडन, ग्रेट ब्रिटेन, पश्चिम जर्मनी, हालैंड, कनाडा, जमाइका और स्पेन प्रमुख थे।

ओशो जुलाई 1986 में बंबई और जनवरी 1987 में पूना के अपने आश्रम में लौट आए, जो अब ओशो कम्यून इंटरनेशनल के नाम से जाना जाता है। यहां वे पुनः अपनी क्रांतिकारी शैली में अपने प्रवचनों से पंडित-पुरोहितों और राजनेताओं के पाखंडों व मानवता के प्रति उनके षड्यंत्रों का पर्दाफाश करने लगे।

इसी बीच भारत सहित सारी दुनिया के बुद्धिजीवी वर्ग व समाचार माध्यमों ने ओशो के गैर-पक्षपातपूर्ण व विधायक चिंतन का रुख अपनाया। छोटे-बड़े सभी प्रकार के समाचार-पत्रों व पत्रिकाओं में अक्सर उनके अमृत-वचन अथवा उनके संबंध में लेख व समाचार प्रकाशित होने लगे। देश के अधिकांश प्रतिष्ठित संगीतज्ञ, नर्तक, साहित्यकार, कवि व शायर ओशो कम्यून इंटरनेशनल में अक्सर आने लगे। मनुष्य की चिर-आकांक्षित उटोपिया का सपना साकार देख कर उन्हें अपनी ही आंखों पर विश्वास न होता।

26 दिसंबर 1988 को ओशो ने अपने नाम के आगे से 'भगवान' संबोधन हटा दिया। 27 फरवरी 1989 को ओशो कम्यून इंटरनेशनल के

बुद्ध सभागार में सांध्य-प्रवचन के समय उनके 10,000 शिष्यों व प्रेमियों ने एकमत से अपने प्यारे सद्गुरु को 'ओशो' नाम से पुकारने का निर्णय लिया।

अक्तूबर 1985 में जेल में अमरीका की रीगन सरकार द्वारा ओशो को थेलियम नामक धीमा असर करने वाला जहर दिये जाने एवं उनके शरीर को प्राणघातक रेडिएशन से गुजारे जाने के कारण उनका शरीर तब से निरंतर अस्वस्थ रहने लगा था। और भीतर से क्षीण होता चला गया। इसके बावजूद वे ओशो कम्यून इंटरनेशनल, पूना के गौतम दि बुद्धा आडिटोरियम में 10 अप्रैल 1989 तक प्रति दिन संध्या दस हजार शिष्यों, खोजियों और प्रेमियों की सभा में प्रवचन देते रहे और उन्हें ध्यान में डुबाते रहे। इसके बाद के अगले कई महीने उनका शारीरिक कष्ट बढ़ गया।

17 सितंबर 1989 से पुनः गौतम दि बुद्धा आडिटोरियम में हर शाम केवल आधे घंटे के लिए आकर ओशो मौन दर्शन-सत्संग के संगीत और मौन में सबको डुबाते रहे। इस बैठक को उन्होंने "ओशो व्हाइट रोब ब्रदरहुड" नाम दिया। ओशो 16 जनवरी 1990 तक प्रतिदिन संध्या सात बजे "ओशो व्हाइट रोब ब्रदरहुड" की सभा में आधे घंटे के लिए उपस्थित होते रहे।

17 जनवरी को वे सभा में केवल नमस्कार करके वापस चले गए। 18 जनवरी को "ओशो व्हाइट रोब ब्रदरहुड" की संध्या-सभा में उनके निजी चिकित्सक स्वामी प्रेम अमृतो ने सूचना दी कि ओशो के शरीर का दर्द इतना बढ़ गया है कि वे हमारे बीच नहीं आ सकते, लेकिन वे अपने कमरे में ही सात बजे से हमारे साथ ध्यान में बैठेंगे। दूसरे दिन

19 जनवरी 1990 को सायं पांच बजे ओशो शरीर छोड़कर महाप्रयाण कर गये। इसकी घोषणा सांध्या-सभा में की गयी। ओशो की इच्छा के अनुरूप, उसी सांध्य-सभा में उनका शरीर गौतम दि बुद्धा आडिटोरियम में दस मिनट के लिए लाकर रखा गया। दस हजार शिष्यों और प्रेमियों ने उनकी आखिरी विदाई का उत्सव संगीत-नृत्य, भावातिरेक और मौन में मनाया। फिर उनका शरीर दाहक्रिया के लिए ले जाया गया।

21 जनवरी 1990 के पूर्वाह्न में उनके अस्थि-फूल का कलश महोत्सवपूर्वक कम्यून में लाकर च्वांग्त्सू हॉल में निर्मित संगमरमर के समाधि भवन में स्थापित किया गया।

ओशो की समाधि पर स्वर्ण अक्षरों में अंकित है :

OSHO

Never Born

Never Died

Only Visited this

Planet Earth between

Dec. 11, 1931–Jan 19, 1990

ध्यान और सृजन का यह अनूठा नव-संन्यास उपवन, ओशो कम्यून, ओशो की विदेह-उपस्थिति में आज पूरी दुनिया के लिए एक ऐसा प्रबल चुंबकीय आकर्षण-केंद्र बना हुआ है कि यहां निरंतर नए-नए लोग आत्म-रूपांतरण के लिए आ रहे हैं तथा ओशो की सघन-जीवंत उपस्थिति में अवगाहन कर रहे हैं।

ओशो का हिन्दी साहित्य

उपनिषद
सर्वसार उपनिषद
कैवल्य उपनिषद
अध्यात्म उपनिषद
कठोपनिषद
ईशावास्य उपनिषद
निर्वाण उपनिषद
आत्म-पूजा उपनिषद
केनोपनिषद
मेरा स्वर्णिम भारत (विविध उपनिषद-सूत्र)

कृष्ण
गीता-दर्शन
(आठ भागों में अठारह अध्याय)
कृष्ण-स्मृति

महावीर
महावीर-वाणी (दो भागों में)
महावीर-वाणी (पुस्तिका)
जिन-सूत्र (दो भागों में)
महावीर या महाविनाश
महावीर: मेरी दृष्टि में
ज्यों की त्यों धरि दीन्हीं चदरिया

बुद्ध
एस धम्मो सनंतनो (बारह भागों में)

अष्टावक्र
महागीता (छह भागों में)

कबीर
सुनो भई साधो
कहै कबीर दीवाना
कहै कबीर मैं पूरा पाया
न कानों सुना ने आंखों देखा
(कबीर व फरीद)

मीरा
पद घुंघरू बांध

लाओत्से
ताओ उपिनषद (छह भागों में)

पलटू
अजहूं चेत गंवार
सपना यह संसार
काहे होत अधीर

दादू
सबै सयाने एक मत
पिव पिव लागी प्यास

जगजीवन
नाम सुमिर मन बावरे
अरी, मैं तो नाम के रंग छकी

दरिया
कानों सुनी सो झूठ सब
अमी झरत बिगसत कंवल

सुंदरदास
हरि बोलौ हरि बोल
ज्योति से ज्योति जले

धरमदास
जस पनिहार धरे सिर गागर
का सोवै दिन रैन

मलूकदास
कन थोरे कांकर घने
रामदुवारे जो मरे

शांडिल्य
अथातो भक्ति जिज्ञासा (दो भागों में)

झेन, सूफी और उपनिषद की कहानियां

बिन बाती बिन तेल

सहज समाधि भली

दीया तले अंधेरा

अन्य रहस्यदर्शी

भक्ति-सूत्र (नारद)

शिव-सूत्र (शिव)

भजगोविन्दम्, नूढ़मते (आदिशंकराचार्य)

एक ओंकार सतनाम (नानक)

जगत तरैया भोर की (दयाबाई)

बिन घन परत फुहार (सहजोबाई)

नहीं सांझ नहीं भोर (चरणदास)

संतो, मगन भयो मन मेरा (रज्जब)

कहै वाजिद पुकार (वाजिद)

मरौ हे जोगी मरौ (गोरख)

सहज-योग (सरहपा-तिलोपा)

बिरहिनी मंदिर दियना बार (यारी)

दरिया कहै सब्द निरबाना (दरियादास बिहारवाले)

प्रेम-रंग-रस ओढ़ चदरिया (दूलन)

हंसा तो मोती चुगैं (लाल)

गुरु-परताप साध की संगति (भीखा),

मन ही पूजा मन ही धूप (रैदास)

झरत दसहुं दिस मोती (गुलाल)

जरथुस्त्र: नाचता-गाता मसीहा (जरथुस्त्र)

प्रश्नोत्तर

नहिं राम बिन ठांव

प्रेम-पंथ ऐसो कठिन

उत्सव आमार जाति, आनंद आमार गोत्र

मृत्योर्मा अमृतं गमय

प्रीतम छवि नैनन बसी

रहिमन धागा प्रेम का

उड़ियो पंख पसार

सुमिरन मेरा हरि करैं

पिय को खोजन मैं चली

साहेब मिल साहेब भये

जो बोलैं तो हरिकथा

बहुरि न ऐसा दांव

ज्यूं था त्यूं ठहराया

ज्यूं मछली बिन नीर

दीपक बारा नाम का

अनहद में बिसराम

लगन महूरत झूठ सब

सहज आसिकी नाहिं

पीवत रामरस लगी खुमारी

रामनाम जान्यो नहीं

सांच सांच सो सांच

आपुई गई हिराय

बहुतेरे हैं घाट

कोंपलें फिर फूट आईं

फिर पत्तों की पांजेब बजी

फिर अमरित की बूंद पड़ी

चेति सके तो चेति

क्या सोवै तू बावरी

एक एक कदम

चल हंसा उस देस

कहा कहूं उस देस की

पंथ प्रेम को अटपटो

मूलभूत मानवीय अधिकार

नया मनुष्यः भविष्य की एकमात्र आशा

सत्यम् शिवम् सुंदरम्
रसो वै सः
सच्चिदानंद
पंडित-पुरोहित और राजनेता :
मानव आत्मा के शोषक
ॐ मणि पद्मे हुम्
ॐ शांतिः शांतिः शांतिः
हरि ॐ तत्सत्
एक महान चुनौती :
मनुष्य का स्वर्णिम भविष्य
मैं धार्मिकता सिखाता हूं, धर्म नहीं

तंत्र

संभोग से समाधि की ओर
तंत्र-सूत्र
(पांच भागों में)

विचार-पत्र

क्रांति-बीज
पथ के प्रदीप

पत्र-संकलन

अंतर्वीणा
प्रेम की झील में अनुग्रह के फूल

बोध-कथा

मिट्टी के दीये

ध्यान, साधना, योग

ध्यानयोगःप्रथम और अंतिम मुक्ति
हसिबा, खेलिबा, धरिबा ध्यानम्
नेति-नेति
मैं कहता आंखन देखी
पतंजलिः योग-सूत्र (तीन भागों में)

साधना- शिविर

साधना-पथ
ध्यान-सूत्र
जीवन ही है प्रभु
माटी कहै कुम्हार सूं
मैं मृत्यु सिखाता हूं
जिन खोजा तिन पाइयां
समाधि के सप्त द्वारअ (ब्लावट्स्की)
साधना-सूत्र(मेबिल कॉलिन्स)

राष्ट्रीय और सामाजिक समस्याएं

देख कबीरा रोया
स्वर्ण पाखी था जो कभी और
अब है भिखारी जगत का
शिक्षा में क्रांति
नये समाज की खोज

ओशो के संबंध में समस्त जानकारी के लिए संपर्क-सूत्र :

ओशो कम्यून इंटरनेशनल

17 कोरेगांव पार्क, पूना-1, महाराष्ट्र

दूरभाष: 0212-628562, फैक्स: 0212-624181

E-mail: publishing@osho.net

Internet WEB site: http://www.osho.org